異世界温泉であったかどんぶりごはん　2

ティート
リウッツィ商会長の息子、会長秘書。
ロッコの村の管理を任されている。
幼い頃にエリと出会い、以降エリのことを「女神」と呼び信奉している。
真嶋恵理(エリ)
幼い頃に異世界『ティエーラ』へと転移した主人公。かつて優秀な冒険者だったが、パーティを抜けてからロッコでどんぶり屋さんを開業した。
「ティエーラに米食を広めること」を目標に、村の住人を中心に着々とファンを増やしている。
レアン
人身売買組織から逃げ出したところをエリに助けられた、獣人の少年。エリのどんぶり屋さんで働く従業員。
異世界温泉であったかどんぶりごはん❷
登場人物紹介

ミリアム
Sランクの冒険者、魔法使い。エリが所属していたギルド『獅子の咆哮』の元メンバー。エリを追ってロッコに移り住み、冒険者として活躍中。
サムエル
Aランクの冒険者、剣士。エリが所属していたギルド『獅子の咆哮』の元メンバー。エリを追ってロッコに移り住み、冒険者として活躍中。
サイード
アジュールの第三王子。アルゴの後見人で、彼の強さに憧れを持っている。
ガータ
剣闘士の身からアジュールの百人隊長に上り詰めた獣人。レアンと同郷で、彼の才能を認め武闘会への参加を求めてロッコを訪れる。
アルゴ
『ファアル』（ネズミ）の異名を持つアジュールの剣闘士。自分より大きな相手にも傷つくことをいとわず向かっていく戦いぶりに、国内でも一目を置かれている。

目次

年が明けてのどんぶり店

ティエーラの一年は、十二ヶ月である。

その月には、それぞれ名前がついている。光雪水花葉雨風炎雷実月闇となっていて、新しい年が明けた今は光の節だ。

ちなみにロッコの気候はと言うと、常時うっすら雪が積もっているので日本の感覚だと「北海道以下、東京以上」という感じだろうか。まあ、白くなった街並み自体は外国のものなのだが。

さて、そんな冬の大浴場は、所在地であるロッコに来るまでが寒く、着いても露天風呂がある訳ではない。確かに入ると温かいが、特に雪見風呂を楽しめる訳でもないので、客足が落ちるかなと恵理は思っていた。

……しかし心配していたほどは落ちず、むしろ帝都からの客は増えているくらいだ。

「大浴場とラグー飯《めし》が、すっかり定着したのよぉ。帝都からの買い物客も寒さに負けず、むしろ増えてるくらいだしぃ……帝都への出店や商品を卸《おろ》さないかってお誘いも多いけどぉ、今のところラグー飯やリンス、温泉水はロッコ《ここ》に来ないと駄目ですものねぇ」

とは、ルーベル談である。領主代行としては、収入源が安定していることは嬉しい限りだろう。

もっともそれは、小さい店ながらも店主である恵理も同様だが。

「「いらっしゃいませ」」

「こんにちはー」

「冷えるわねぇ」

店のドアが開き、中に入ってきた女性客二人に恵理とレアンは声をかけた。

そして、席に着いたタイミングでレアンがおしぼりを出す。ちょっとしたことだが夏とは違い、温かくしているので寒い時期にも好評だ。

「えぇと、今日はどれにしようかしら」

「そうねぇ」

おしぼりで手が暖かくなったところで、二人はメニューを覗《のぞ》き込んでしばし悩む。そしてうん、と頷《うなず》くと女性客達はレアンを見た。

「ラグーソース丼二つ」

「はい、かしこまりました……店長、お願いします」

「ええ」

受けた注文に、レアンが笑顔で応《こた》えて恵理に伝える。

すると、そのタイミングでまた店のドアが開いた。とは言え、入ってきたのは客ではない。

「戻ったぞ。あと出前追加、アムレッソ丼三つ」

「わかったわ」

「グイドさん、お疲れ様でしたけどお客様がいますから早くドア、閉めて下さい！」

「いけねっ……すんません！」

「おう、気をつけろよー？　冒険者としては腕利《きき》でも、店員としてはレアン坊が先輩だからな」

「そうそう、叱られないようにしっかりなー」

レアンは戻ってきたグイドを労《ねぎら》いつつも、ドアを開けたまま頭や肩の雪を払うのを注意する。

それに肩を竦《すく》めてグイドが謝ると、常連である初老の男性達から笑って声をかけられた。

年上ということで、さん付けと最低限の敬語は使うが、先輩としてレアンはグイドを遠慮なく叱る。

一方、グイドも父親であるアレン同様、美形の割に体育会系なので素直に言うことを聞いていた。最初はどうなるかと思ったが、結構うまくやっている。

（帝都での話を聞いたのか、初めのうちは冒険者や男性客から睨《にら》まれることもあったけど……レアンとのやり取りと、あと休みの日は冒険者の仕事も受けたりしてるし）

今の彼は、以前とは違う。仕事の選《え》り好みはしないし、ただの狩りであっても依頼を受けてしっかり結果を出している。

だから今の、軽口をたたかれるような街の人達との関係は、グイドが己の力で掴《つか》み取った結果だ
——そう恵理が思ったところで、また客が来店した。

「いらっしゃい」

「「いらっしゃいませ」」

恵理、それからレアンとグイドが挨拶する。

今度は、母親と男の子の二人連れだ。そして空いている席に座ると、子供がすでに決めていたのかメニューを見ずに注文してきた。

「親子丼ふたつ、お願いします！」

砂糖と魔石

異世界であるティエーラには大陸があり、その中で四つの国に分かれている。

それが恵理のいるロッコの街があるアスファル帝国と、そこから南に向かったところにあるルベル公国。そしてアスファル帝国から見て東、大陸を縦断する山脈を越えたところにあるニゲル国と、そのニゲル国から南に向かったところの砂漠の中にあるアジュール国だ。

胡椒《こしょう》やスパイスはアジュール国で作られているが、砂糖はアスファル帝国の隣国で、ティートの故郷ルベル公国の特産品である。

とは言え、サトウキビの砂糖は輸出の為の商品として扱《あつか》われているので、ルベル国内でも口に出来るのは公族や貴族くらいであり、それも毎日ではなく年に数回がやっとらしい。そして輸出品として扱えるのも公王御用達の商人のみなので、ティートの商会は入手出来ないそうだ。

だが、親子丼には砂糖を使いたい。

それ故、獣人の里にあると解ったてんさい砂糖を使うことを思いついた。しかし、一緒に発見されたこんにゃく芋《いも》共々、収穫出来るのに二年くらいかかるとグルナから教えられた。

そうなると、一定量の収穫と商品化には時間がかかるだろう。定番メニューにするのは今は無理だ。一度は、そう思った恵理だったが。

「私、魔法使う？」

恵理の店での夕食後、そう言って小さな手を挙げたのはミリアムだった。

恵理達はミリアムの土属性の魔法で、グルナの畑の野菜や果物を短期間で育てたことを思い出した。だからミリアムは同じように、てんさいやこんにゃく芋をロッコに植えて魔法で育てれば良いと思ったのだろう。

けれどそこで、休みだからと恵理の店に来ていたグルナから待ったがかかった。

「いや、たとえ魔法を使うとしても元々が寒冷地の植物だから、下手に土地を変えない方がいい。土で、味が変わることがある。良くなればいいが、万が一のことを考えるとやめておくべきだ」

「……なら、私が獣人の里に行けば」

「ごめんなさい……たとえミリアムさんでも、畑のある里の中には入れません」

「むぅ」

「まぁまぁ、ミリー。仕方ねぇだろ？」

尚《なお》も言い募《つの》るミリアムを、今度はレアンが謝りつつも止める。それに彼女が無表情ながらも頬を膨らませ、サムエルが宥《なだ》めていた時だ。

「……魔石じゃ、駄目なの？」

「女神？」

皆の話を聞いていた恵理は、己の疑問を口にした。

そんな彼女にティートが呼びかけ、他の面々の視線も集中する。それに少したじろぎつつも、恵理は思いついた内容を伝えた。

「えっ、と……魔石を使う魔道具って、つまりは魔石の魔力で動くんでしょう？　だったら、その魔力でミリアムの魔法みたいに、てんさいやこんにゃく芋を育てられるんじゃって……思ったんだけど」

そこまで言ったところで、恵理はかつてロッコが魔石を採取出来なくなったことを思い出した。たとえ使えたとしても、魔石を買い続けるには財布の中身が心許《こころもと》ない。それなら、どうするべきだろうか。

「……使い切った魔石に、改めて魔力ってこめられないの、かしら？」

魔法の使い方はアレンから習ったが、魔石については電池の代わりくらいのふんわりした知識しかない。だから恵理としては、携帯電話の充電レベルのイメージだった。

けれど、ミリアムがカッと灰色の目を見開いたところを見ると――どうやら、そういう単純な話ではないらしい。

新たな発見

魔石は、魔法属性の色で淡く光る。そして発掘された魔石は、道具を動かす動力源として使われたり、魔法使いが己の魔力で魔武器を作ったりするのに使われる。

「それで、ウチの店に来た訳だ……まあ、確かに道具作ったり交換するのに、魔石も扱ってるからな」

翌日、どんぶり店の昼休みの時間に何故か植木鉢を持ってきたミリアムに連れられて、恵理とティート、サムエルは鍛冶《かじ》職人でドワーフのローニの店へとやって来た。ちなみにレアンとグイドは留守番である。

「それで、魔法使いの嬢ちゃん？　土だけに見えるが、何か種でも植えてんのかい？」

「ん。香草の種。アマリアさんから貰《もら》って、グルナさんの畑から土を貰った」

「とは言え、魔道具では土属性の魔石は使わないぞ？　ウチの店にあるのは、火属性か水属性だ」

「ん、だからまず使い切った魔石、お願い」

恵理の昨日の話を説明すると、ローニはミリアムへと話しかけた。

それにミリアムが頷くと、ローニは一旦店の奥に入ってすぐに掌《てのひら》に収まるくらいの大きさの、灰色の石を持ってきた。何でも、鍛冶職人の仕事には使い切った魔石を道具から外し、新しいものと交換するということも含まれるらしい。

「使わせて頂きますね……ミリー？」

「ん」

恵理がそう言って受け取り、ミリアムに手渡す。

植木鉢を床に置くと、ミリアムはその石を両手で包み込み、祈るように目を閉じて――しばらく経《た》った頃、カッと目を見開いて持っている石を皆に見せてきた。

「……出来た」

「おおっ⁉」

「スゲェな、ミリー！」

そう言って差し出された石は灰色から、地属性を示す黄色に変わっていた。

無表情ながらもミリアムは満足げに言い、そんな彼女にローニは驚愕《きょうがく》の声を上げ、サムエルは相棒を褒めながらその頭を撫でる。

「じゃあ、次は魔石で植物が育つかだな……種は、真ん中ら辺に植えたのか？」

「ん」

「んじゃ、魔石は端に置くぞ」

ローニがワクワクした表情でしゃがみ、植木鉢に魔石を置く。ミリアムも目を輝かせて植木鉢の前にしゃがみ、そんな二人を恵理達が取り囲む。

……すると恵理の仮説通り、魔石の魔力に応えるように土から芽が出てきた。

一同の前で、見る間に枝分かれして葉を広げる。一気に成長する香草に、ローニの茶色の瞳が大きく見開かれる。

「すごいなっ、どんぶり店の姉ちゃんの言った通りだ！」

「そうですね。どれくらいの範囲や期間使えるかは、これから試してみますけど」

「……水属性なら、使いきった後の魔石に私、魔力付与出来る。協力してくれた、お礼」

「ありがとな、魔法使いの嬢ちゃん……ただ、むしろこれからも頼みたいから、報酬についてはしっかり相談するぞ！」

そう言って、ローニが身長の割に大きな手でミリアムのツインテールを撫で回す。

その動きにつられて、無表情ながらも大きく揺れるミリアムにちょっとハラハラしたが、サムエルが支えるのを見て恵理はホッとした。

そんな彼女に、輝くばかりの笑顔でティートが言う。

「これで、てんさい砂糖が作れます……新メニューも作れますね、女神！」

「そうね……てんさいやこんにゃく芋の栽培もだけど、砂糖やこんにゃくへの加工も獣人の皆さんにお願いすればいいかしら？　そうすれば、安定した収入源になるわよね」

「流石《さすが》です、女神！」

「あと、確かに親子丼でも使いたいけど……サトウキビ砂糖の高級感はないけど、てんさい砂糖も商品化したらどう？　それなら、平民の口にも入るようになるでしょう？」

「何と⁉　ありがとうございます、売り上げの一部は是非、女神義援金にっ」

「いや、私がやった訳じゃないからね⁉」

当然のようにティートが言うが、アイデア料と言うのも申し訳ないくらいだ。

それ故、新しい思いつきに使える予算だとは思いつつも、いつものように義援金を増やしたがるティートを止める恵理だった。

夢中になるのは解るけれど

魔力はティエーラに満ちた力をそこに生きる人々が取り込むことで、その属性に合わせた魔法となる。そして腕力や脚力のように、鍛えることで取り込む量を増やすことが出来る。

そしてSランクの魔術師であり、複数の属性を扱えるミリアムは、見た目の小ささに反して膨大な魔力を持っている。

その魔力を、使い切った魔石に付与することで再び使えるようになること。更に使い切った魔石には、元々の属性以外の魔力をこめられると解った。

獣人の里にミリアムは入れないが、魔石なら専用の箱に入れれば商会の人間が運び、取引をしている獣人が里に持ち込むことが出来る。流石に一個で、そして一瞬でという訳にはいかなかったが、地属性の魔石を数個畑に置くことで栽培に一年近くかかるてんさいと、二年くらいかかるこんにゃく芋が一週間ほどで収穫出来た。そしてこの魔石は、ロッコの畑でも作物の収穫を早めることが確認出来た。

これで、ミリアムが畑に行かなくても収穫には困らない。その結果を知り、ミリアムは灰色の瞳をキラキラと輝かせた。

「やっぱり、エリ様はすごい」

「そんな……ミリーだから言うけど、異世界には『充電』って似たような仕組みがあるのよ。だから、私がすごい訳では」

「知識を活かせるのが、すごい」

褒めてくるミリアムにそう言ったが、ミリアムは譲らなかった。それから嬉々として、ティートが商会経由で用意した使用済みの魔石に魔力をこめていった。

……もっとも夢中になり過ぎて、貧血ならぬ魔力切れを起こす羽目になったが。

「ミリー！　無理すんなよなっ」

「……大丈夫。寝て、食べれば回復」

「って、またやる気満々だろ⁉　そもそもぶっ倒れんなって言ってんの！」

「………………」

「ミーリーイー」

サムエルとミリアムは、冒険者ギルドの三階にある部屋でそれぞれ暮らしている。

ベッドに運ばれたのに懲《こ》りていないミリアムを、サムエルが叱る。それにミリアムが口をへの字にすると、サムエルの声が低くなった。

そんな二人を見て、見舞いに来た恵理が口を開く。

「サム、落ち着いて」

「……師匠」

「ミリー。あなたのおかげである程度、てんさい砂糖も手に入ったから……親子丼を、定番メニューとして店に出せるわ。ありがとう」

「エリ様」

「でも、こうやって倒れるなら、もうお願い出来ないわ。本格的な冬が来る前に、魔石のおかげで色々と収穫出来たのはありがたいけど……今のままだとミリー、部屋にこもってずっと魔石を作り続けるでしょう？」

「うっ……」

「楽しそうだから、全部を止めたくはないけど……それこそミリー、最近、店にも来てくれていないでしょう？　せっかく親子丼作れるのに、食べに来てくれないの？　元気じゃないと、ご飯も美《お》味《い》しくないわよ？」

「……ごめん、なさい」

静かに、ゆっくりと。

そう心がけた恵理の言葉の数々に、最初は得意げだったミリアムの表情がしだいに気まずそうなものに変わり、最後には泣きそうな表情《かお》になって謝ってきた。

「サムも、ごめん」

「……おう」

「冒険者の仕事も、しばらくしてなかった」

「まあ、俺は俺で依頼受けてたけど……のんびり楽しく、が『スローライフ』じゃねぇの？」

「ん。反省」

「ああ」

そして夢中になるあまり、放置していた相棒にも謝るミリアムに——サムエルはやれやれと言うように笑い、ミリアムの頭を優しく撫でた。

……それが、一ヶ月半くらい前。月の節（十一月）の頃の話である。

そんな訳で新たな課題

恵理が魔石の使い方や再利用について思いつき、ミリアムが倒れつつも頑張ったことは予想以上の結果を出した。

畑での収穫量が増えた『だけ』ではない。

魔石への魔力の付与は、何度もすることが出来る。ただ、消耗は元々の魔石よりは早い。だから廃坑になる前のように、ロッコで魔石を特産品にすることは考えていないとルーベルは言った。

……けれど一方で、この発想自体が大発見となった。

まず、魔法使いに頼まなくても魔石さえ用意出来れば、魔力を付与することで農作物の収穫量を増やすことが出来る。それからもう一つ、冒険者達の新たな収入源となった。

と言うのも魔力は皆が持っているが、魔法という形で魔力を外に出せる者は限られている。元々の魔力量と教育事情故、魔法使いになれるのは貴族以上の者に多いが、平民にいない訳ではない。

それ故、帝都には魔法学園があって平民も受け入れている。

そして平民の魔法使いとなると、皇族や貴族に召し抱えられなければ冒険者になるしかない。

そんな冒険者達に、ルーベルは魔石への魔力の付与を依頼したのだ。

属性複数持ちであり魔力量の多いミリアムほど、付与できる数や速さは及ばないが、彼らも魔石に魔力を付与することが出来た。冬の寒空の下、外に行かなくても出来る依頼に魔法使い達は歓喜した。

「全員ではないけど、魔法使いは学者気質って言うか……エリ様の言葉を借りると『インドア』好きなの」

とは、何故かドヤ顔を浮かべるミリアム談である。

そんな訳でミリアムもだが恵理も、魔法使い達、それから魔石のおかげでたくさん収穫出来るようになった農民達に感謝された。

いや、過去形ではなく今も恵理はずっと一目置かれている。

「元々、ラグー飯とリンスで街興《おこ》しに一役買ってるしぃ。雪が降ったらどうしても、狩りとかの依頼も減るからぁ。エリ様々って感じぃ？」

「ルビィさん……」

「それにこのこと、デファンスさんに報告したらぁ。すっごく喜んでたわよぉ？　この国は雪こそ少ししか積もらないけど、やっぱり寒い時にも出来る仕事ってありがたいものねぇ」

ひどく大事《おおごと》になっているのに、悪いことではないが困ってしまう。

「あ、はい」

だが両手をピッタリ合わせ、顔の横に置いた乙女ポーズと笑顔で言われたのに、恵理はそう返事をすることしか出来なかった。

（……まあ、少しでも役に立てたなら何より）

そんな訳で砂糖もある程度、（商品化するのは春以降だが）手に入れられたので、親子丼はめでたく定番メニューになった。

新たなどんぶりは、こうしてロッコで受け入れられたのだが――新たな課題も、浮上したのである。

「店長！　明後日は、カツ丼の日だろ！」

「……ええ、限定五食ですが」

「やった！　頑張って来るけど、親子丼みたいに定番になるの、楽しみにしてるからなっ」

「はい」

男性客からの声に、恵理は何とかそれだけ答えた。

……そう、女性や子供には親子丼が人気なのだが。

男性客には、ティート達のリクエストが続いたのと、寒くなったからという理由で始めたカツ丼の方が人気なのである。

悩みはメニューと、あと他に

冬季で限定メニューなら、と始めたカツ丼だったが、やはりと言うか何と言うか、男性客のハートを鷲掴《わしづか》みにしてしまった。だから先程のように、定番メニューにと言われることが多い。

（ありがたいんだけど、一年中揚げ物を作るのは……換気の関係で、厨房とか店内が暑くなるから）

閉店し賄《まかな》いを食べた後の、店の掃除はレアン担当である。

料理を作ってくれているから、という言葉に甘えてその間に風呂は恵理が先に入る。そんな訳で、今日も一階にある天然温泉に入りながら、恵理は物思いに耽《ふけ》っていた。

揚げ物はあまり作ると室温が上がるので、カツ丼は定休日に作って翌日までアイテムボックスに入れている。だから、温かいままのカツ丼を振る舞えるが、根本的な解決にはなっていない。

季節が変わり、暖かくなったり暑くなると正直、きつい。ここは元々、宿だったので酒やつまみくらいは出していたらしいが、しっかり料理を作るような構造にはなっていないのだ。

(親子丼も肉ではあるけど、やっぱりラムしゃぶ丼とかカツ丼ほどには男性受けしないのよね)

揚げ物ではなく、それでいて男性受けするとなると、恵理が連想するのはカレーライスだ。あれなら揚げ物ほど室温が上がらないし、鍋さえあれば量もたくさん作ることが出来る。

(だけどなぁ……スパイスの料金考えると、高すぎて出せないのよ)

日本のように、固形ルーやレトルト食品が売っている訳ではない。まずカレールーを作るところからになるのだが——そうなると恵理の中では、小学校の調理実習で習った、カレー粉と小麦粉を使ったカレーの作り方が思い浮かぶ。スパイスてんこもりまでいかなくても一定量は必要なので、試作品としては作れても料金を高くしないと元がとれない。普通の料金で出したら、出た分だけ赤字になってしまうからだ。

(似たような物をって思って、グルナと試行錯誤してみた結果……新しいメニューは出来たけど、やっぱりカレーではないのよねぇ)

やれやれとため息をついて、浴槽から上がる。

それから濡れた髪と体を拭き、脱衣所で着替えて出ると、手に布包みを持ったレアンが店から居住スペースに入ってくるところだった。その銀色の犬耳は理由は違うが恵理同様、やれやれと言うように伏せられている。

「……また？」

「ええ」

「ごめんね、レアン。明日、それもヴェロニカ様に相談するわね」

「そんな⁉　店長は悪くないですから、謝らないで下さいっ」

「まあ、そうなんだけど」

当然だが、レアンも悪くない。悪いのは何度も断っているのに、懲りずにやって来る帝都リーラからの使者だ。

最初は営業中に来たが、断ったら閉店後に来るようになった。包みの中身は、手紙とお金である。

……ちなみに目的は恵理『達』の引き抜きなので、中身に手をつけてはいない。

お粗末なテンプレ

恵理『達』と言ったのは、声がかかっているのが彼女とグルナ、そしてパン屋さんの主人と酒場の店主だからだ。つまり、ラグー飯に関わったメンバーである。

最初は営業中にいきなり綺麗な格好をした男がやって来て、上から目線で帝都に来るように言われた。

「我が主人が、帝都で店をやるように言っておられる！　開店資金は持つから、さっさと準備を」

「お断りします」

「しろ……って、何だと？」

「だから、お断りします」

「ふざけるな⁉　頷くこと以外、許されると思うのかっ！」

「すみません、失礼します！」

「グアッ⁉」

そう怒鳴って、いきなり恵理の腕を掴もうとしたので反撃しようとすると——その前に、レアンが謝罪と共に男の腕を捻《ひね》り上げた。そして、苦痛の声を上げた男をそのまま店の外へと連れていった。

パッと手を離し、その場に崩れ落ちた男にレアンが言う。

「店長は断ってます。そう、あなたのご主人様に伝えて下さい」

「クッ……覚えてろよ……」

「……俺もですけど、これ以上やるなら店長も容赦しませんよ？」

「ちょっ、離せよっ」

レアンがそう言ったところで、別の声が恵理の耳に飛び込んできた。

今の男はレアンに任せたが、他の店でも同様な騒ぎが――と恵理が慌《あわ》ててカウンターを出て外に出ると、ちょうどグルナが別の男の首根っこを掴んで、店から追い出しているところだった。

「何だよ、恵理の店もか？」

「……グルナ、強いのね」

「えっと、護身用？　ほら、魔法までは無理だけど、身体強化はそこそこイケるからさ」

などと話しているうちに、パン屋さんからも男が蹴り出された。

「……何、皆さん結構、武闘派？」

「あー、元々が労働者の街だからなー」

「「「貴様ら、覚えてろよっ」」」

呑気《のんき》に話しているうちに、男達はそんなことを言って逃げ去った。

何と言うか、テンプレだなーと恵理が思っていたら、一週間くらいで彼らの仲間らしき強面《こわもて》の男達がやって来て、酒場も含む恵理達の店に乗り込んできた。

……まあ、同様に返り討ちにしてやり、それ以降は方針を変えたのか、営業後にお金を持ってくるようになったのである。

騒がなくなったのはいいが面倒で、グルナと共にルーベルに訴えに行くと、

「帝都の奴ら、本当ならリンスも欲しいんでしょうけど……アレは、ヴェロニカ様が宣伝してくれてるからぁ。流石に、侯爵令嬢差し置いて手は出さないわよねぇ」

「ルビィさん……」

「でも、料理人ならあんた達がその気になれば、手に入れられるから……特にエリは、リンス発案者ってだけじゃなく、今回の魔石再利用にも一役買ってるでしょ？」

「手に入れられるって……私達は、物じゃないですよ」

「同感、だけど……リン酢方式でいくといっそ、俺らお嬢様のモノになった方がいいのかね？ 個人じゃなく、お嬢様との契約とかさ」

「あらぁ、ソコ気づいちゃったぁ？」

「まあ、ロッコにいるんならいっそその方がいいだろ？」

「……確かに。ただ、ヴェロニカ様に迷惑かからない？」

見た目は物語に出てくるライバル令嬢だが、中身がとても良い子なのは知っている。契約と言いつつも本当に形だけで、間違ってもそれで恵理達を縛ることはないだろう。

ただ、良い子だけに苦労をかけるのも――と恵理が躊躇《ちゅうちょ》すると、ルーベルが軽く鳶色の隻眼《せきがん》を見張り、次いでにっこりと笑って言った。

「心配なら、直接聞けばぁ？ ちょうどヴェロニカ様から、近々来たいって言われてるから」

「「えっ？」」

そんな訳で、仮にも侯爵令嬢との間でとんとん拍子に話が進み——各店舗が定休日をずらしている関係で恵理とグルナがそろってヴェロニカと会うのは難しいので、どんぶり店の定休日に恵理が代表してヴェロニカと会うことになったのである。

「でも、ロッコに来るって……ヴェロニカ様も、何か話があるのかしら？」

寝る前の日課である筋トレとストレッチを終えた後、ベッドに寝転がって恵理は呟《つぶや》いた。

こんな理由がありまして

「おはようございます、女神！」

「おはよう……これ、お願いね」

「かしこまりました」

次の日の朝、ティートが恵理の店に来たのは、ヴェロニカとの会合に向かう為——だけではない。恵理のところに持ち込まれる貴族や他の商人からのお金や手紙を、そのまま預かって貰っているのだ。

……最初に相談した時、ティートは綺麗な、けれど一方で笑顔を形作っている『だけ』の無表情で口を開いた。

「女神を敬《うやま》うのは当然ですが、私物化しようとするなんて……手紙がついているなら、好都合ですね。こちらで『しっかり』把握させて頂きます。お金はいつでも返せるよう、保管しておきますのでご安心を」

「……また、義援金にするのかと思った」

「お金はお金ですが、妙な思惑が絡めば女神を支えるのではなく、女神を縛る鎖になってしまいますので」

そう言って、自分のアイテムボックスに恵理から受け取ったお金や手紙を笑顔のまましまったティートは、本当にブレないなと——そして、美人は怒っても綺麗だなと恵理は思った。

それ以降、ティートは週に一度やって来て恵理からお金や手紙を預かっている。

※※※

次に、恵理とティートが向かったのは、ヴェロニカと会う冒険者ギルド——ではなく、グルナの店だった。

「おう、恵理。おはようさん」

開店準備をしていたグルナは、店に入ってきた恵理達にそう声をかけると、恵理の店にある丼《どんぶり》鉢《ばち》の半分くらいの大きさの丼鉢を四つ、カウンターの上に置いた。

恵理が二分の一サイズの丼鉢を作って貰ったのは、小食な女性や子供の為だ。別の種類のどんぶりをいくつも食べられると、『半どんぶり』は好評である。

そして女性客が多いことと、今回のグルナが作った新しいどんぶりがある為、グルナの店も通常の丼鉢と共に二分の一サイズの丼鉢を購入したのだ。

「ヴェロニカさんと護衛さん、あとネェさんと若旦那の分。恵理は、試作の時に食べたからいいよな？」

「ええ」

「……僕の分も、作ってくれたんですか？」

「おう。ってか配膳する恵理はともかく、ネェさん達が食べてるのにあんたの分がないとかないから！　あと、俺らの金も預かって管理してくれてるお礼なー」

「……ありがとうございます」

蓋《ふた》がしてあるので、新しいどんぶりの中身は見えない。

だが、恵理とグルナが作ったものという安心感からか――ティートは怒っている時とは違う、眼鏡の奥の瞳や頬を緩めた、本当の笑みを見せた。

※※※

他のどんぶりもあるので、今日は岡持《おかも》ちではなくアイテムボックスに、グルナの作ったどんぶりを入れた。そしてティートと共に、恵理は冒険者ギルドに向かった。

ルーベルの部屋に行き、しばらく雑談しているうちに受付嬢がヴェロニカの到着を知らせる。

「ごきげんよう、皆様」

「……ヴェロニカ様？」

恵理が、戸惑ったように少女の名前を呼んだのには理由がある。

前回同様、縦ロールと目力を強調した化粧ではあるのだが――外套《がいとう》を脱いだ下から現れた服装が、ドレスではなく膝下丈の紫色のワンピースだったからだ。貴族はドレスが基本なので、服装だけだと商家のお嬢様に見えなくもない。

「今回はヘルバと、帝都からの無料馬車に乗ってきたのです……護衛もしっかりしていて、思ったより快適でしたわよ？」

そんな恵理達の前で、ヴェロニカはにっこり笑って驚くようなことを言ってのけた。

持ちつ持たれつ

異世界にも、新聞はある。そして、写真はないがイラストがつくことはある。

けれど、王族や貴族については記事にまではなっても、イラストはほとんどつかない。描くにはそもそも当人を見る必要があるし、下手に描いて揉めるのを避ける為だ。

平民が貴族以上の身分の者の顔を見るとなると皇族や王族の婚姻時、パレードなどのイラストや、そういうおめでたい時に出回る肖像画くらいである。

つまり、平民はほとんど誰も貴族の本当の顔を知らない。当然、ヴェロニカの顔も知らないという訳だ。

「ですから、わたくしが無料馬車に乗っていても気づかれませんでしたわ」

「お嬢様、そこで威張らないで下さいよ……むしろ、訳あり感満載な我々をソッとしておいてくれた、同乗者の皆さんに感謝して下さいね？」

「うっ……解っておりますわ！」

胸を張りドヤ顔で言ったヴェロニカだったが、護衛のヘルバが突っ込みを入れると途端に気まずそうに口ごもった。相変わらず、言いたい放題な護衛である。

（ヘルバは、ミリーが家を出た後、ヴェロニカ様の護衛についたって聞いたけど）

ミリアムから、普段ヴェロニカは鎧《よろい》を纏《まと》うように強気な令嬢として振る舞っていると聞いた。けれど、ヘルバには発言を許しているし素を見せている。単なる主従ではなく、もっと近しい間柄なんだろう。

「ごめんなさいねぇ。今日はミリーちゃん達、お仕事なのぉ」

「異母姉《あね》からの手紙で、聞いておりますわ……無事であれば、何よりですわ」

「そ～お？　あ、立ち話も何だから、座って座ってぇ」

そんなことを考えていると、ルーベルとヴェロニカが言葉を交わし――その内容に、恵理は内心申し訳なく思った。

ミリアムとしては家を出たからこそ、ヴェロニカにもっと手紙を出したかった筈《はず》だ。しかしアレンが亡くなってからは冒険者パーティーでの仕事が増え、手紙を書く時間も取れなかったと思われる。

ちなみに今日の仕事は魔物討伐で、店が休みの日なのでグイドも一緒に行っている。でも毎日ではないからか、今は定期的に手紙を送っているらしい。

（そう考えると……今日はたまたま仕事だけど、ミリーにも時間の余裕は出来たのね）

まあ、そのせいで魔石作りに没頭してしまったのだが――そこまで考えてこっそりため息をつきながらも、恵理はヴェロニカと共に来客用のソファに座った。ティートも二人の向かい、ルーベルの隣に腰かける。

そして、最初に口を開いたのはヴェロニカだった。

「エリ先生達については、ルーベル様より帝都からの引き抜きに困っているとお聞きしています。我がアルスワード家と契約していることにして、引き抜きが止まるならいくらでも家名をお使い下さい」

「……いいの？　大丈夫？」

「ええ。勿論、わたくしの独断ではなく父も了承しています。ロッコ《ここ》は我が領地。そこに住まう方々が、快適に過ごす為なら喜んで……あ、だからと言って無理な依頼を押し付ける気はありませんので！」

見た目は相変わらずライバル令嬢だが、隣で力説するヴェロニカは本当に良い子で可愛い。

ただ確かに自分達は助かるが、他の貴族や商人に目をつけられている今、自分達を引き受けて貰うと彼女に迷惑がかかるのではないだろうか。

そう思い、恵理がすぐに頷けずにいると、ルーベルが片頬に手を当てながら言った。

「ヴェロニカ様にその気がなくてもぉ、ここは持ちつ持たれつで行きましょう？」

「えっ……？」

「元々、ここに来るつもりだったってことは、何かあるんでしょう？　しかも、お嬢様が無料馬車にまで乗って……仮にも皇太子様の婚約者候補が、ねぇ？」

「それなら……私達に出来ることがあったら、喜んで」

ルーベルの言葉に、恵理も頷いた。

平民の自分にどれだけのことが出来るか解らないが、少しでも手助け出来ることがあるのなら全力で協力したい。

「流石、女神……」

とりあえず、両手を組んで感動しているティートについてはスルーすることにしよう。

ヴェロニカの相談

婚約者『候補』は、ヴェロニカ一人ではない。あと二人、辺境伯家令嬢のアレクサンドラ・グリエスクードと侯爵家令嬢のソフィア・エレウズィールがいる。

「かたや北の防御の要《かなめ》であり、ニゲル国との交流もあるグリエスクード家。そして皇帝陛下を支える、宰相《さいしょう》職のエレウズィール家……どちらが選ばれても、文句はないと思います。少なくとも、わたくしが選ばれるよりは」

「あらあらぁ」

自虐的な言葉に、ルーベルがたしなめるようなあいづちを打つ。

「事実ですわ。七大侯爵家ではありますが……ただ、他の家からは過去にそれぞれ皇妃が嫁いでおりますので、バランスを考えると我が家がちょうど良いことと、あと、リンスや大浴場を紹介したのを『社交性が高い』と思われたようでして」

けれど、ヴェロニカは冷静な分析で返してため息をついた。伏せた長いまつ毛が、白い頬に影を落とす。

「わたくし達は、貴族です。成人前ですので、子供同士のお茶会くらいでしか、殿下とはお会いしていませんが……候補になったことは光栄ですし、誰が正式な婚約者として選ばれても文句はありません」

「ヴェロニカ様……」

「……ですが！」

「っ⁉」

商人などの富裕層や貴族以上の身分の場合、結婚は家柄や親の意向が絡んでくる。

それ故、淡々としたヴェロニカの言葉に、恵理は何と言っていいのか悩んだが——次の瞬間、ヴェロニカが紫色の目をカッと見開いたのには驚いた。

そんな恵理の隣で、ヴェロニカが右手で拳を握って力説する。

「わたくし達を口実にして、口を出してきたり足を引っ張り合うのには辟易《へきえき》しております……全く！　良い年をした方々が、わたくし達の陰に隠れてグチグチとっ」

「まぁ～、確かに美しくないわよねぇ？」

「その通りです！」

ルーベルの言葉に、ヴェロニカがキッパリと答える。

だがすぐに振り上げた拳を下ろし、肩を落として恵理達の前で言葉を続けた。

「ただ、婚約者候補の領土にふさわしくと言われれば、無理難題を押しつけられても無視も出来ず」

「無理難題とは？」

「……ロッコに、貴族向けの交通手段と宿泊施設、あと大浴場を作ることです」

その言葉に、問いかけたティートとルーベルが真顔になり――その理由が解らず恵理が戸惑うと、気づいたティートが説明してくれた。

「交通手段は……平民と同乗が無理そうなら、貴族専用の馬車を用意すれば何とかなると思います。ですが、宿泊施設はそう簡単にはいかない」

「えぇ、まさか素泊まり宿を使わせる訳にいかないし……そうすると、大浴場込みでの用意になるからぁ。新築となると、早くても二年くらいかかるわねぇ。その間は、貴族は来られないってことよねぇ」

「あ……」

二人の説明を聞いて、恵理は今更ながらにここが異世界だということを痛感した。労働者はいるが、建物を建てる為の重機がない。そうなるとほぼ人力になるので、確かに年単位でかかるだろう。

元々、平民向けだと思っていた大浴場だが、来ないのと来られないのとでは大分、印象が違う。そうやってロッコの評判を落とし、ヴェロニカの足を引っ張ろうとしているのなら、貴族とは随分と意地が悪いものだ。

（あれ？　でも……）

そこでふと、恵理は引っかかった。

だが、何に引っかかったのかはすぐに形にならず、まとめる為にも恵理は一旦、話題を変えることにした。

「あの、ちょっと一休みしませんか？　実は今、限定でカツ丼を出していまして……グルナの店でも新しいどんぶりを作ったので持ってきたのですが、気分転換にどうでしょう？」

「「えっ⁉」」

「あらぁ、素敵♪」

「あ、あの、もしかして俺もお相伴《しょうばん》にあずかれるんでしょうか？」

「ええ」

「良かったわねぇ。あ、若旦那詰めてちょうだい？　座って、一緒に食べましょ～？」

恵理の言葉に、ティートとヴェロニカが驚きの声を上げ――ヴェロニカの横で立っていたヘルバが聞いてくるのに、恵理は頷いた。

そんなヘルバを、すっかりご機嫌になったルーベルが手招きして、ティートの隣に座らせたのだった。

カツ丼とオムハヤシ丼

カツ丼は昨日、閉店後に作ったものをアイテムボックスに入れて持ってきた。

まず、ころもの小麦粉とパン粉を深めの皿に入れ、次にボウルを用意して卵を入れてかき混ぜる。

次いで豚肉を筋切りした後に塩を振り、小麦粉、とき卵、パン粉の順につける。

それからカツを揚げると一旦、皿に上げて粗熱《あらねつ》を取った。その間に玉ねぎを薄切りにして、洗ったボウルで今度は具をとじる為の卵を溶きほぐした。

フライパン（グルナがローニに作らせていたのを、恵理も作って貰った）に、魚醤《ぎょしょう》と料理酒と水で作っておいたつゆと玉ねぎを入れて一煮立ち。そして切っておいたカツを入れて、一分ほど。その上に卵を流し入れ蓋をし、卵に火が通ったら三つ葉代わりのクレソンを散らして完成だ。

多めに作り、賄いにしたのでレアンとグイドが大喜びだった。

「これで、明日の魔物討伐もバッチリだなっ」

「カツ丼ですからね、当然です。むしろ、失敗したら店長に申し訳ないです。責任重大ですよ？」

「うっ……解ってるよ！」

「いや、そんな大層なものじゃないわよ？」

真面目におかしいことを言い合う二人に、恵理は真顔で突っ込みを入れた。本当にそこまで大げさなものではないのだ。

昨日のことを思い出し、若干遠い目になりつつも、恵理はまずハーフサイズのカツ丼を皆の前に並べた。次いで、グルナが作ってくれたオムハヤシ丼を、アイテムボックスから取り出す。

カレーを作りたい。けれど、今ある材料では作れない——そのことをグルナに相談した時に、提案されたのがオムハヤシ丼である。

※※※

「まず、ハヤシライスを作る」

二週間くらい前、それぞれの店の閉店後にグルナは恵理の店に来て、言葉通り恵理達の前でハヤシライスを作り出した。

にんにくと玉ねぎ、次に豚肉を適当な大きさに切る。日本だと牛肉が一般的だが、ティエーラでは牛は牛乳や、そこから作られる乳製品の方が需要があるので、肉はあまり市場には出てこない。だから、手に入りやすい豚肉で作っている。

そして深めの鉄鍋にオリーブオイルを入れると、まずにんにくと玉ねぎを、次いで豚肉を色が変わるまで炒める。

その後、赤ワインを加えてアルコール分が飛ぶまで煮立て、その間に自分のアイテムボックスからデミグラスソースとトマトケチャップを取り出した。

「ケチャップもだけどデミグラスソース、作るの大変じゃない？」

「そこは、アイテムボックス様々だな。まあ、だからこそ食べ物を保存するための冷蔵庫とか、大量の荷物を積んで早く移動するための乗り物とかが発展しないんだろうけど……多少、値は張るけどこれがあればいつ作っても保存出来るし、トラックみたいに大きくなくても馬車で何とかなるからな」

「確かに」

「だから、メニューにするならソース分けるから言ってくれな。さて、煮てる間にオムレツ作るぞ」

そう言うと、グルナはボウルに卵を割り牛乳を入れ、熱したフライパンでふわとろオムレツを作った。それから丼鉢に、タイ米ご飯とオムレツ、ハヤシソースの順に盛った。

「グルナ、本当に神っ！」

「おう、ありがとなー」

「エリ……店長⁉　そ、そりゃあ、美味《うま》そうだけどっ」

「グイドさん……グルナさんの料理は、店長の胃袋をガッツリ掴んでますから」

見た目や味もだが、今の流れならソースをグルナから買えば自分でも何とか作れそうだ。

そう思って、恵理は笑顔のまま「いただきます」と手を合わせ、オムハヤシ丼を口に運んだ。

……そして次の瞬間、自分でも作れそうという考えを却下した。

※※※

「これが、グルナの新作です」

「美味しそうですが……エリ先生？　どんぶりなのに、エリ先生のメニューではないのですか？」

オムハヤシ丼を並べ、そう告げた恵理にヴェロニカが尋ね――その視線の先で、恵理は首を左右に振った。

色々と考えた結果

元々、賄いに使うコンソメはグルナに分けて貰っていた。

ありがたく使っていたが、コンソメもまず野菜や骨付き肉などを煮込んでブイヨン《出汁》を作り、それをみじん切りにした野菜と卵白を練り込んだ挽き肉に流し入れ、煮込むことでようやく澄んだコンソメが出来る。

これだけで半日以上かかるらしいが、デミグラスソースを作る為のフォン・ド・ボーはその倍以上（二日）。更にブラウンルーを、そしてデミグラスソースを鍋底が焦げつかないように、木べらでしっかり混ぜながら作るのに半日くらいかかるそうだ。

「どんぶりは調理法の一つだから、私のものって訳じゃないですし……逆に、どんぶりだからってそんな時間も手間もかかったソースを、簡単に譲り受けるなんて出来ないです。かといって、自分で作るのは無理ですし」

「エリ先生……」

「あ、大丈夫ですよ？　だからこそ、グルナのハヤシライスは美味しいですし……更に、特製ふわトロオムレツ！　これは下手に素人《しろうと》が作らず、店に行って食べるべき味です」

恵理がそう言うと、ヴェロニカが待ちきれないという感じで自分の前に置かれた丼鉢の蓋を開けた。途端に、温かな湯気と美味しそうな香りが立ち込める。

「あと、似たものを作って貰ったからこそ、私の作りたいものが解りました……カレーを作る為の、香辛料を集めることは大変です。でも集めさえすれば、あとは私でも作れますから」

「カレー？」

「私の、故郷……異国の、料理です。辛いんですけど、美味しいですよ。まあ、まずは香辛料を集める方法からですね」

ヴェロニカには、恵理が異世界からの転移者だとは伝えていない。個人的には良い子だと思って信用しているが、彼女は帝国貴族だ。ヴェロニカ経由で秘密が漏れるとは思っていないが万が一、恵理が転移者だとバレた時に知らない方が巻き込まなくて済むからである。

「美味しそ～、エリ、いただいて良いかしらぁ？」

「ええ、ルビィさん。皆様も、どうぞ」

「ありがとうございます、女神……成程。確かに、グルナさんの新作、ソースは濃厚ですし、それが卵と絡むとまた格別ですね」

「そうでしょう？」

「……本当。エリ先生もですが、グルナさんと言う方も素晴らしい料理人なのですね」

「でも、俺としてはこのカツ丼が……肉、美味いですね！」

「ありがとうございます。男性のお客様にはカツ丼、好評なんですよ」

「アタシはカツ丼も、グルナの新作もどっちも好きよ～」

ルーベルがそう言ったのに恵理は頷いた。

そんなルーベルに促されるように、ティートやヴェロニカ、ヘルバもどんぶりを食べ始めた。口々に思ったことを言いながらも、皆のスプーンは止まらない。

それを微笑ましい気持ちで眺めていた恵理はふと、先程引っかかった違和感について思い出した。

「あの、さっきの話ですけど……一から建てるんじゃなく、大浴場の二階を使うのは駄目なんですか？」

そう、侯爵家の別邸だったので大浴場の建物は元々、二階建てなのだ。ただ、部屋の造りが平民向きではないので使われていないと聞いている。

だったら、いっそ貴族が使えば良いのではないだろうか――そんな恵理の提案に、一同は「あ」と声を上げた。どうやら使っていなかったので、すっかり忘れていたらしい。

何気ない思いつき

侯爵家の別邸は、帝都の富裕層の屋敷と基本、同じだ。一階は応接室や会議室、宴《うたげ》を行なうことを想定した音楽室兼食堂のある社交の場。そして二階を、自室や客室という生活の場として使っていた。

大浴場に改装するにあたり一階は浴室と脱衣所、そして休息所やリン酢などを買える売店を用意した。しかし二階は貴族向けの内装や家具が調えられていた為、下手に手をつけられずそのままにしていたのである。

「エリ〜？　部屋は良いとして、大浴場は？」

「貴族の方だと他の方と入るのに抵抗がありそうですから、浴槽はもう少し小さくても良いかなと……でも、普通の宿みたいにお湯を二階に運ぶんじゃなく、お湯を汲《く》み上げて水のように自由に使える仕組みはないですよね？」

「はい、先生。ありません」

ヴェロニカが、真剣な眼差しで頷く。

「……水みたいに、二階にぃ？」

「えっと、二階に洗面台とかトイレはありますよね？　その水みたいにお湯を汲み上げれば、二階でもお風呂が作れるんじゃないですか？」

「……そうねぇ。確かに魔石の鉱山で、お湯を汲み上げて外に出したりしてたわ」

ルーベルも、同じく頷いている。何気ない思いつきだったので、前と横から向けられる皆の視線に恵理はたじろぎながらも話を続けた。

「確かにお湯を汲み上げる配管を、改めて作るのは大変だと思います。ただ、それでも……一から建物を作るよりは、早く出来るんじゃないですか？」

「その通りですわ、先生」

「良かった……それに、帝都ではまずお湯を沸かすところから始めなくてはいけませんけど、ロッコではすでに温泉が湧いています。だから、二階でも配管さえ何とかすれば、一階のように好きな時に温泉に入れます。それなら、貴族の方々も満足されるんじゃないでしょうか？」

言いながらも、火属性の魔石を使えばボイラーもどきも出来るのではないかと思ったが、それを言うと話が逸れそうなので恵理は口にしなかった。そんな彼女に、ヴェロニカだけではなくルーベル達も真剣な表情で耳を傾ける。

そして、ヴェロニカが恵理の手を両手で包み込むように握り込んだ。

「先生、ありがとうございます。光明が見えました」

「女神、流石です。専門の労働者達に確認しないと正確な期間は解りませんが……確かに、建物の改装であれば年単位ではなく一ヶ月から二ヶ月くらいで出来ると思います。材料や労働者は、我が商会の力で用意出来ます」

「やったわねぇ、エリ！」

「すごいことを思いつきますね」

すっかり乗り気になったヴェロニカの言葉を後押しするように、ティートやルーベル、ヘルバも口々に言う。

よく解らないが、役に立てて良かったと思ったところで――不意にティートが何かに気づいたように息を呑《の》み、キッと顔を上げて恵理に向き直った。

「女神！」

「はい？」

「女神の店も、一緒に改装しませんか？」

「……えっ？」

「改装したら、カツ丼も気兼ねなく作れますよね？」

思いがけないことを言われて、恵理はパチリと目を丸くした。

そんな恵理に、ティートは眩《まぶ》しいくらいの満面の笑みでそう言ったのだった。

胸の中の空《うつ》ろ

ティートが、カツ丼を好きだということは知っていたつもりだった。けれどまさか大浴場の改装の話に、恵理の店の話まで出してくるとは思わなかった。

だが、しかしである。

（店の改装ってことは）

その間は、店は開けないだろう。揚げ物が大丈夫なように、換気口などを変更するのだから。それこそ異世界なのだから、一日二日では終わらないだろう。

（開店前とか、てんさいやこんにゃくの時はレアン達が取りに行ってくれたから良かったけど）

今更だが、異世界《ティエーラ》に来てから何日も続けて休んだことはなかった。アレンが亡くなってからは、一日の休みすら珍しいくらいだった。

……だからこそ、田舎でのんびりスローライフを送りたいと思っていたが。

（せっかく、居場所を見つけたのに……そんなに休んだら、呆《あき》れられない？　見捨てられない？）

『獅子の咆哮《ほうこう》』が解散した時、レアンやグルナ、サムエル達に励まされて、新たな居場所を手に入れたと思った。思った以上に好かれていて、だから簡単に嫌われる筈がないと頭では解るのだが。

（いや……解っていたら、こんなに不安にならないか）

己の胸中に自嘲しながらも、恵理はその不安を顔に出さないように笑ってみせた。

「ティート？　気持ちは嬉しいけど……改装するとなると、店を休まなければいけないでしょう？

申し訳ないけど、私はそこまでしてカツ丼を作る気はないわよ」

「女神？」

「他のメニューだって、あるんだし……それに、そう。そうだわ」

そして、ティートにそう言ったところで、恵理は更に気づいてしまった。

「一から作るよりは早いとは言え、大浴場も改装中は休業になりますよね……せっかく今、街興しは軌道に乗っているのに。そこで長期に休んだら、ロッコに迷惑がかかりますよね？」

「……エリ先生」

「ヴェロニカ様、申し訳ありません。後先考えず、思いつきで言ってしまいましたが……私の店もですけど、大浴場も長期間休むなんて許されませんよね？」

「女神……」

「……もう、エリ～？」

不安がどんどん大きくなるのに、必死に取り繕《つくろ》って言葉を続けると――不意に、ルーベルの大きな両手で、恵理の両頬は包まれた。そして驚き、固まった彼女の顔を覗き込むように、ルーベルが口を開く。

「そんなに無理して、引きつり笑いなんてしないのぉ。一体、何が不安なのぉ？」

「……ルビィさん」

「なにかしらぁ？」

「お客さんの美味しいって喜ぶ顔は……好きです、安心します」

「えぇ」

「ここにいて良いって言われてるみたいで、安心します」

「そうねぇ」

「でも、だからこそ……お客さんに、迷惑をかけたくありません。失望させたく、ありません」

隻眼と言葉に促されて、気づけば恵理の口からポロポロと本音が零れ落ちた。

「……ちょ～っと、いらっしゃ～い？」

そんな恵理を、しばしジッと見つめると――ルーベルは頬から手を離す代わりに、恵理の手を取って部屋から連れ出したのである。


え、何か思ってたのと違う？


ルーベルが恵理の手を引っ張って向かったのは、大浴場――その一階奥にある、従業員の控え室だった。

「ごめんなさ～い？　ちょっと良いかしらぁ？」

「えっ……ギルドマスター？」

「ちょっと待って下さいっ」

ドアをノックし、外から声をかけると部屋の中から慌てたような声がしてドアが開いた。

開けたのは大浴場《ここ》の従業員で、無料馬車で訪れる者達を案内している三人のうちの一人・ドリスだ。黒髪を、時代劇の女剣士のようにポニーテールにしている彼女の向こうでは、少し垂れた目尻や仕種が色っぽいテレサが、お茶のカップを持ったまま戸惑った眼差しを向けてくる。あと一人、三つ編みが可愛らしいメアリは、いないところを見ると休みだろうか？

「あぁ、逆にごめんなさいねぇ？　休憩時間でしょう？　座ったままで良いから、ちょっとだけお時間頂けるかしらぁ？」

「「はい……」」

「お、お邪魔します」

「いえいえ、あ、椅子どうぞ」

「ありがとうございます」

ロッコの街を管理しており、更に彼女達に接客やマナーを叩き込んだルーベルの登場に、ドリスとテレサの表情が引き締まる。

そんな二人に恐縮しつつも、恵理もルーベルについて控え室に入った。案内後の休憩だったのか、今いるのはドリスとテレサ二人だけだ。

そんな彼女達がルーベルと恵理に椅子を勧め、それに恵理が頭を下げ――全員が席に着いたところで、ルーベルは口を開いた。

「実はねぇ？　大浴場の改築と、その間の休業を考えてるのよ～」

「っ⁉」

いきなり暴露したルーベルに、恵理はギョッと目を見張って彼の顔を見た。そして、おそるおそるドリスとテレサに目をやると。

「……改築？　何かあったんですか？」

ドリスの問いに、ルーベルが答える。

「そうなのよぉ。貴族用の温泉や宿泊施設も、作れって～。あ、領主様やお嬢様じゃなくて他のお貴族サマなんだけどぉ」

「あぁ……それなら、改築は必要ですね」

「そうですねぇ……入り口も、別々にした方がいいんじゃないですか？　鉢合わせしたらお互い、気まずいですし」

「そうよねぇ、住み分けは大事だからぁ」

それにドリスと、二人の話を聞いていたテレサが頷き、ルーベルも右手を頬に当てて同意した。

もう少し慌てたり、騒いだりするかと思っていた為、戸惑う恵理の前で三人は話を続ける。

「お客様が増えるのは、嬉しいですから……ただ、期間ってどれくらいです？　その間、無給だとちょっと」

「大丈夫！　一ヶ月くらいの予定だけど、こっちの都合だからその間のお給金は払うわよ！」

「良かったぁ……って、すみません」

「いいのよ～。むしろ、当然だわぁ」

ドリスからの質問にルーベルがそう返すと、テレサが安堵の声を上げた。思わず本音を零したのに慌てるが、ルーベルはむしろ面白がるように笑って答える。

（……反対されるかもって、思ったけど）

冷静に受け止められたのに、恵理もまた安堵した。何気ない思いつきだったが、少なくとも大浴場としては迷惑にはならないようだ。

……だが、しかし。

「それでねぇ？　エリの店も、改築しようかって……」

「「えっ⁉」」

さらりとルーベルが言った途端、ドリスとテレサが声を上げてこちらを見たのに――恵理はついつい背筋を伸ばし、ドキドキしながら相手の言葉を待った。

百聞は一見にしかず

「改築って……だったら、これからもどんぶり店は続けるんですね⁉」

「辞めたりは、しないってことですよね？」

「は、はい」

椅子から立ち上がった二人に真剣に詰め寄られて、恵理は椅子に腰かけながらも後退《あとずさ》った。

けれど、恵理が二人からの質問を肯定すると――途端に、ドリスとテレサは「はぁ～」と大きく息を吐いて再び座り込んだ。

「「良かったぁ……」」

「え」

「だって、何か帝都から引き抜き来てるじゃないですか⁉」

「追っ払ってるのは、見ましたけどぉ……確かに、店長さんの将来を考えるとロッコ《ここ》みたいな田舎にいるより、帝都に行った方がいいとは思うんですけど」

「ええ、思いますけど……」

そこで一旦、言葉を切るとドリスとテレサは顔を見合わせ、先程同様キッと顔を上げた。

「「お願いですっ、ロッコにいて下さい！」」

「勝手なんですけど……どうか、お願いします」

「他のお店もですけど……エリさんのどんぶり店は、私達の癒しなんです」

ドリスとテレサは、それぞれに力説して恵理に頭を下げてきた。

そんな二人に、黒い瞳を見開いて――恵理は我知らず、祈るように自分の両手を組みながら口を開いた。

「……あの、改装するとしばらく……換気口を作り直したりするので、それこそ大浴場と同じくらいの期間、休むかもしれなくて」

「換気口って……もしかして、メニューを増やすんですか⁉」

「え、ええ」

「そうしたら、あの、新メニューも勿論《もちろん》、嬉しいんですが……カツ丼も、定番メニューになりますか⁉」

「……はい、揚げ物に力を入れられるようになりますから」

予想外のドリスからの食いつきに、恵理は驚いた。

そんな彼女に、テレサがやれやれと言うように笑いながら説明してくれる。

「ドリス、カツ丼大好きなんですよ」

「競争相手が多くて、一回しか食べられてないんですけど……めでたく定番メニューになったら、好きな時に食べられますねっ」

テレサの言葉に、ドリスが両手で拳を握って力説する。

一見、クールな印象だがドリスは結構、食いしん坊キャラらしい。

「どぉ？　エリ、まだ不安かしらぁ？」

今まで黙って見守ってくれていたルーベルに、恵理は首を左右に振った。

「……ありがとう、ございます」

いくら一人で色々考え込んでも、相手が何を思っているかはこうして直接、尋ねてみないと解らない。ルーベルは言葉を尽くして恵理を元気づけようとするのではなく、彼女達と直接話せる場を設けてくれた。それこそ『百聞は一見にしかず』だ。

そして、不安を吹き飛ばしてくれた二人とルーベルに、恵理は感謝の言葉を伝えて、組んでいた両手を胸元に引き寄せながら頭を下げた。

※※※

「女神、ギルドマスター、お帰りなさい」

大浴場から戻ってきた二人に、まずティートが言う。

「……エリ先生、大丈夫ですか？」

「ええ……お騒がせしました」

次いで声をかけてきたヴェロニカに、恵理はそう言って頭を下げた。そんな彼女の黒髪を、ルーベルが子供にするようにクシャクシャッと撫で回した。

「ハイハイ、解決解決！　でねぇ？　実はエリもだけど、アタシも新しいこと思いついちゃったの～」

そして満面の笑みで、ルーベルはポンッと両手を打って言葉を続けたのである。

ルーベルからの提案

「まず～、二階をお貴族様の為の宿泊施設にするってことで、大浴場の従業員を増やします～」

にこにこ、にこにこ。

恵理達が見守る中、ご機嫌な様子でルーベルが説明を始める。

「手が空いている時は、一階の仕事も手伝って貰うけどぉ……お貴族様が宿泊する時は、侍女の仕事をして貰うからぁ。改築中に、アタシがみっちり仕込むわよ～」

「ギルドマスターが引き受けてくれるなら、安心ですね」

その説明に、ティートが納得したように頷く。

帝都にいる時に、ルーベルは『乙女の嗜《たしな》み』と言いつつマナーなどを完璧に習得した。そしてその知識を、冒険者ギルドの受付嬢やドリス達のような大浴場の接客担当に教えている。確かにルーベルなら、貴族相手のマナーを仕込むことも出来るだろう。

「あとねぇ……実は、エリのアイデアも使わせて欲しいんだけどぉ」

「私のですか？」

「そう！　エリのどんぶり店でやってる、出前！」

何だろう、と思って聞くと思わぬ単語が出る。

「多分、お貴族様だと一回、部屋に入ると街には出ないと思うのよねぇ。ただ、二十四刻三百六十日ずーっとはいないと思うからぁ。従業員はともかく、料理人を常駐させる気はないのよ～」

「そうなんですか？」

「前は年一くらいで領主様が来ていたけど、その時は料理人も連れてきていたから厨房があったのよね。でも街の管理を冒険者ギルドに委任されて、若旦那の提案で大浴場を作る時に厨房は閉めることにしたのよぉ。だから大浴場には、洗面所や従業員のお茶を入れるくらいの水場しかないでしょう？」

そこで一旦、言葉を切ってルーベルは右手を頬に添え、やれやれと言うようにため息をついた。

「それに、料理人はねぇ……この辺で、お貴族様の満足出来るような高級料理を作れる料理人なんて、それこそグルナくらいしか思いつかないわぁ」

「……そうですよね」

ルーベルの言葉に、恵理は頷いた。

前世の知識や経験に加え、グルナは現世でも帝都の料理店で修業をしている。恵理が作れるのは家庭料理までだが、確かに彼なら貴族が満足する料理も作ることが出来るだろう。

「ただ、グルナには店があるから大浴場にずっといて貰う訳にはいかないしぃ。あと、エリのどんぶりだって、ヴェロニカ様みたいに食べて貰えば絶対、喜ばれるから……それもあって、出前を思いついたのよ！　希望を聞き取って、グルナやエリの店に頼みに行けばいいわってね！」

「あの、デマエと言うのは一体？」

ヴェロニカからの質問で、今更ながら出前は恵理が始め、地球からの転生者であるグルナと、日頃から出前を利用しているロッコの住人しか知らないことに気づいた。

それは、ルーベルも同様だったのだろう。恵理が答える前に、ヴェロニカに説明してくれた。

「出前って言うのはねぇ？　エリの店でやってるんだけど事前に注文をして、自宅や職場にどんぶりを持ってきて貰うことよぉ」

「まぁ！　つまりは今回みたいに、温かい食事を運んで貰えるのですか？　しかもエリ先生だけじゃなく、他のお店の料理も？」

「ええ、そうよぉ……そうだわ！　岡持ちもいいけどアイテムボックスで運べば、ホカホカのままよねぇ。ありがとう、ヴェロニカ様！」

「そんな……わたくしは、何も」

……そんな二人の会話を聞きつつ。

ふと、恵理は少し前にルーベルから聞いた話を思い出し、口を開いた。

「あの、ルビィさん……もしよければ、なんですけど」

冒険者の三人

その後、ルーベルとティートはヴェロニカともう少し話すとのことなので、恵理は一人部屋を後にした。

そして階段を降りると、ちょうどサムエル達が魔物討伐から戻ってきたところだった。

「あら、早かったのね？」

「……私抜きで、仕留めた」

恵理の言葉に、ぷくっと頬を膨らませたミリアムが答える。それに反論したのは、カウンターでギルドカードを見て貰っていたグイドだった。

「だから、今回はオークだったろ？　女のあんたに、万が一のことがあったらどうすんだよ」

「こいつがミリーを押しのけたから、俺が頑張ったんだろう？　俺とミリーはコンビだから、俺の討伐数はミリーの成績にもなるからな」

オークは人間の男性を殺して食らい、女性は好んで巣に連れ帰ろうとする。グイドは、見た目はロリ美少女だが成人済のミリアムを気づかったようだ。

そしてサムエルの言う通り、ギルドカードには依頼に対しての討伐数が、討伐した冒険者が対象に触れるだけで登録される。

基本は魔物の体の一部、もしくは全部を提出する決まりだが持ち帰れなかった時、あるいは持ち帰れなかったが倒したと虚偽の申告をされた時に見破れるようになっている。勇者が広めた魔法らしいが、他にも犯罪歴なども解るので街の門番が身分証のない旅人を調べる時などにも使われている。

（ゲームとかの、ステータス画面をイメージして作ったのかな？）

などと恵理が考えていると、グイドの言い分もサムエルの言い分も理解はしているのだろう、頬は膨らませたまま、ミリアムは小さくだが確かに頷いた。けれど、すぐその灰色の瞳が据《す》わる。

「ん……でも、サム、また悪い癖出た」

「うっ……」

「……あぁ」

ミリアムの言葉に、サムエルが途端に言葉に詰まって肩を竦める。そんな二人の会話を聞いて、恵理はミリアムの言う『悪い癖』に思い至った。

サムエルは大剣使いで、魔法は使えない。本人も気をつけているのだが、魔物の数などが増えてしまうと早く倒そうとするあまり、傷をつけて素材を損ねる状態になるのだ。何年経っても改まらなかったので、フォローする意味でミリアムとコンビを組ませたのだが。

「今回は『討伐』が目的だから、傷があっても依頼料に影響はない……まさか、それを見越して？」

「ちっ、違うからなっ⁉」

「本当？」

「ああ！　師匠に誓ってっ」

腕組みをして尋ねるミリアムに、サムエルが胸を張って答える。

「うむ」

それに、ミリアムが鷹揚《おうよう》に頷く。何故か自分に誓いを立てられているので、口を出すのを躊躇《ためら》っていると――代わりに、やれやれと言うようにグイドが口を開いた。

「何で、それで話が付くんだか……まあ、とにかくオークを解体場に運ぼうぜ？」

「ああ」

「ん」

「……お疲れ様。私は、店に戻るわね」

カウンターでやり取りされるのは、薬草などの採取品や書類関係くらいだ。魔物や獣は、別に用意されている解体場で処理される。討伐したオークの入ったアイテムボックスを持ち、解体場に向かう三人に恵理はそう言ってしばし見送った。

それから受付嬢に一礼し、冒険者ギルドを出たところで――恵理は、レアンが店の入り口で誰かと話していることに気づいた。

訪問者

レアンの前には、外套のフードを被った人物が立っている。

最初は、いつもの引き抜きかと思ったが――近づいて、聞こえてきた会話に「おや」と思った。

「だから！　お店があるから、無理だってばっ」

「優勝すれば、金も栄誉も思うがままだ！　この店のことなど、気にしなくても」

「そういう問題じゃないよ！」

レアンが、珍しく敬語を話していない。それはそれで少年っぽく可愛いが、客相手なら子供にでもレアンは敬語を使う。

レアンの前にいる人物は、彼より背が高いので年下とは考え難《にく》い。そうなると、レアンの昔からの知り合いだろうか？

……そして、もう一つ。

「レアン？　よければ、店の中で話せば？」

「店長……」

「邪魔するぞ」

恵理が声をかけると、彼女に気づいたレアンが困ったように銀色の耳を伏せる。

一方、相手を店に入れないよう頑張っていたようだが——恵理の言葉を受けてレアンが扉から手を離し、それを受けて彼と話していた人物が店の中へと入った。そして、深めに被っていたフードを外す。

年の頃は、二十歳《はたち》前後だろうか？

首の後ろで束ねた波打つ髪は、光の加減でオレンジ色にも見える赤褐色《せきかっしょく》。

アーモンド形の瞳は、澄んだ緑。

その耳は髪と同じ色の、三角の猫耳で——外套の下には、尻尾が隠れているのだろう。

「私は、ガータ。レアンとは同郷で、今はアジュール国の百人長だ」

そして口調こそ勇ましいがその華やかな容姿も、よく通る声も若い女性のものだった。

外套を脱いだら、その下から男性が身につける上着とズボンに包まれた豊かな肢体と、腰に佩《は》いた剣が現れる。先程、ドリス達が休憩していたところを見ると今は馬車の来る時間ではない。そう考えると、ガータは歩いてロッコに来たと思われる。

「どうぞ」

「……すまない」

「いえいえ」

だから、と恵理はおろし金ですり下ろしたりんごとはちみつをカップに入れ、お湯を注いだホッ

トドリンクをカウンターに座って貰ったガータへと差し出した。

はちみつは子猫には厳禁だが、獣人だからと言って動物に与えてはいけない食べ物が駄目という訳ではない。と言うか、もしそうだったらレアンは玉ねぎやにんにく、カフェインなど一切、口に出来ないことになる。あと、漫画などだと猫舌で描かれることがあるがそれもない。レアンは、熱々のものでも冷まさず美味しく頂いている。

ガータが温かさを取り込むようにゆっくり、そしてしっかりと味わっていき、空になったカップを置いたところで恵理は話しかけた。

「私は恵理。このどんぶり店の主人です……えっと、ガータ、百人長さん？」

「……ガータでいい」

レアンと同郷なのと、何か役職についているのならそう呼ぶべきかと思って言うと、ガータが短く訂正した。

「アジュールには奴隷制度があるが、その中から腕の立つ者は兵士となり、戦闘訓練を積む。そこで出世すると部下を持つことが出来るが、その部下の数が役職名となっている……とは言え、元は奴隷だ。身分を示すものではあるが、別に無理して呼ばなくても」

「……すごい」

兵士奴隷と言うことは、ガータもかつてのレアンのように奴隷商人に捕まり、彼とは違ってそのままアジュールに連れて行かれたのだろう。

他国で苦労しただろうに、部下まで持って大したものだと恵理が感心すると、ガータは顔を顰《しか》めて口を開いた。怒っているようにも見えるが、少し頬が赤いので照れ隠しのようである。

「私は、運が良かった。奴隷になって一年で、四年に一度の武闘会……国一番の強者を決める戦いがあり、そこで優勝したことでまず十人の部下が持てた。普通は、そこまでに何年もかかる」

「……俺は、行かないよ」

そんなガータの話を遮《さえぎ》るように、今まで黙っていたレアンが言った。

それぞれの主張

「何故だ！　もうじき、また武闘会があるんだぞ⁉」

「ガータ姉《ねえ》、さっきアジュールから徒歩で二週間くらいかかったって言ったよね？　大会、十日後って言ってなかった？　そもそも間に合わないし、行って戻ってきたら四週間？　そんなに店を休めないいし、そもそも俺は軍人になるつもりもない」

「行きは変に絡まれるのが面倒で歩きで来たが、帰りは馬車を探す！　お前の強さなら優勝出来るんだ！　私が里を出る時、後を任そうと思ったお前なら……あと、武闘会参加の目的は軍人になる為だけじゃない。さっきも言っただろう？　金目当てでも良いし、何か商売をしたり官職が欲しいのなら、王族の名の下《もと》に可能な限り叶うんだ」

「えっ!?」

二人の話だと思っていたが、聞こえてきた内容が気になり過ぎて、恵理はたまらず声を上げた。そして、恵理の声に驚いた二人から視線を向けられたのに口を開く。

「……ごめんなさい、レアン。お店のことなんだけど、実はカツ丼が作れるように改築することになって」

「ありがとうございますっ」

カツ丼と聞いた途端、レアンが琥珀《こはく》色の目を輝かせた。カツ丼人気を改めて実感しながらも、恵理は話の先を続けた。

「いいえ、こちらこそ……それでね？　その休みの間に、実はアジュールに買い付けに行くつもりだったの」

「……えっ？」

「新メニューを作るのに、香辛料が必要で……幸い、ティートが馬車を用意してくれるらしいから、往復四週間よりはもう少し早く行き来が出来そうだし。気乗りしないなら、私一人で行くからレアンは留守番お願い。値段が気がかりだったけど、もし武闘会で優勝出来れば香辛料の関税も何とかなるかもしれないし」

「ちょっと待って下さい！」

「ちょっと待って下さいよ！」

「ちょっと待った！」

「……ちょっと、待って」

恵理の話を、レアン——だけでなく、店のドアを開けたサムエルとグイド、そしてミリアムも制止する。何事かと思っていると、それぞれが言葉を続けた。

「そういうことなら、話は別です！　ガータ姉、俺、武闘会に出るよ！」

「師匠！　話は聞かせて貰いました！　レアンが出られるなら、魔法使い以外も出られますよね？　俺も出ます！」

「俺もだ！　てか、エ……店長は無理すんなよ？　俺らが頑張るから、大船に乗った気で」

「私、も頑張る！」

「そんな訳にはいかないわ。私の店のメニューの為だし、それに」

グウゥ……キュルル……。

そんな言い合いは、盛大な腹の音によりピタリと止まる。

「……すまん」

そして、腹を鳴らした人物——ガータは、気まずそうにそれだけ言うとそっぽを向いた。そうだった。飲まず食わずではないだろうが、彼女は二週間かけてロッコに来たのだと恵理は改めて気づいた。

「失礼しました……今すぐ、何か作りますね。皆も食べるわよね？　……ただの賄いなので、気にしないで下さいね」

金銭的な事情か、少しでも早く着きたかったのか。真相は解らないが、ともかくこちらを気にせずに食べてほしい。

気を取り直した恵理は、そう思いながらガータに話しかけた。

ホッとした矢先に

賄いと言った手前、恵理は普段店で出しているメニューではないものを作ろうと思った。

そこで浮かんだのは初めてレアンと会った時、そしてその後も時たま作っているジェノベーゼ丼だ。

（ソースは、レアンの手作りだしね）

ただ食べるだけではなく、何か手伝えないかと言われて以来、レアンにスプーンで香草を潰し、岩塩やにんにく、オリーブオイルを混ぜてジェノベーゼソースを作って貰っている。

万が一、レアンがガータに、料理をしていることを知られたくない場合を考えて恵理からそうとは伝えないが、ソースの入った瓶を取り出すとレアンが緊張したように、それでいて嬉しそうに耳をピクピクさせていた。

タイ米をお湯で煮ている間に、買ってある鳥肉を一口サイズに切る。それからタイ米の鍋からお湯を捨て、火で水気を飛ばして蒸らしている間に、恵理は鳥肉をジェノベーゼソースに絡めて炒めた。そして炊けたご飯を丼鉢に盛って、その上に載せる。

タイ米を炊くのは、店でも相変わらず『湯取り法』だ。タイ米をお湯で煮てからそのお湯を捨て、更に火にかけて蒸すこの炊き方が、ティエーラのお米を一番美味しく食べられる。

「はい、召し上がれ」

「「いただきます」」

「……感謝する」

食べる前のこの挨拶は、思えば恵理がやるからみんなが真似するようになったのだった。

レアン達が口々に言うのに、ガータは戸惑ったようだったが——それでも、お礼の言葉を口にしてジェノベーゼ丼を食べ始めた。

「……美味い」

「だろ？」

「肉に良い匂いと、濃くて美味い味が絡んで、良いな。あと、下の白いのと一緒に食べると更に美味い」

「だよね！　……あ、えっと、ですよね」

ガータの感想は、これを初めて食べた時レアンが言ったのと同じものだった。

懐かしい気持ちで聞いていると、敬語を話していないレアンに、サムエル達の視線が向けられる。

それに気まずそうに言い直す辺り、彼には店員としてのこだわりがあるんだろう。

そう思ったので恵理は話題を逸らす意味も込めて、中断していた話を再開することにした。

「あの、それで……さっき話していた、武闘会の件なんですけど」

「……それなんだが。先程の話だと、こういう料理を作るのに、香辛料が欲しいと言うことなのか？」

「ええ」

「それなら闘うのではなく、ただ香辛料を買いに来るか、商人に頼むのでは駄目なのか？」

「一回二回食べるのではなく、店に出すのなら定期的に買いに行く必要があります。それだと、私には難しいですし……商人に頼むと、手数料がかかるので高くなってしまいます。そうなると、メニューの料金を高くしなければ作るだけ赤字になってしまいます」

その土地のものなので、ただでと言うつもりはないが――一方で、関税がかかってしまうとやはり買い続けるのが難しい。

「だからこそ、武闘会に参加したいんです。優勝すれば、可能な限り願いが叶うんですよね？」

「……そうだが、あなたには無理だと思う」

「え？」

「レアンは、私が認めた男だ。そして、そんなレアンが反対しないなら、他の者も……そこのお嬢さん以外は、出られるだろう」

「私も、出る！」

「魔法使いは、駄目なんだ。武を競う場だから……身体強化もあるから、全く駄目とは言わないが。最低限は闘えないと、参加出来ない」

「……むぅ」

ガータの言葉に、ミリアムが頬を膨らませる。

確かに、ミリアムは魔法が使えなければ非力な少女だ。けれど、恵理は違う。これでも、元冒険者である。

「あの、私は闘えます」

「……私が言うのも何だが、あなたのような普通の女性には無理だ」

悪気はないんだろう。逆に、心配してくれているのは解るが――このままだと、恵理が武闘会に出られなくなってしまう。

それ故、負けないと言うように自分の胸に手を当てて、恵理はガータに言った。

「だったら……言葉だけではなく、私が闘えることを示します」

恵理の言い分

闘えることを示すには、実際に見せれば良いだろう。

そう思い、冒険者ギルドの訓練場に向かおうとした恵理に、ガータだけではなくサムエル達、そしてレアンもついてきた。更に訓練場を借りようとしたところで、話を終えて降りてきたらしいルーベルやティート、それからヴェロニカ達とも鉢合わせした。そんな訳でガータに見せるだけのつもりが、随分とギャラリーが増えてしまった。

「師匠？　俺が相手しますか？」

訓練用の木剣を手にした恵理に、サムエルが声をかけてくる。確かに、Aランクのサムエル相手に闘えば実力を示すことが出来るだろう。だが、しかし。

「……グイド？」

「お？　ご指名か？」

「あなた、私に隠してることあるわよね？」

「え」

恵理の問いかけに、戸惑いではなく驚きに固まったグイドへ、恵理は話の先を続けた。

「ルビィさんから聞いたわ。グリエスクード辺境伯から、冒険者としてのお誘いがあったって……

そして、それを断ったたって」

「何だよ……俺が決めたことに、文句つける気かよ？」

「あんたが店を言い訳に断らなければ、私だって口出ししないわ」

「うっ……」

そう、単に「行きたくない」や「ロッコが好き」なら、別に恵理も反対しない。しかし、グイドは「勤めている店を辞められない」とどんぶり店を理由にしたのだ。

……次第に据わっていく目をグイドに向けて、恵理は更に言葉を紡《つむ》ぐ。

「そりゃあ、私は好きにすれば良いって言ったし、どんぶり店で働きたいって言ったから出前をお願いしたわ。だけどね？　あんた、冒険者って仕事自体も好きよね？　休みの度に、依頼受けるくらいに」

「そ、れは！」

「そう、好きで両方やるんなら良いの。だけどね？　単に自信がないだけなのに、私の店を言い訳にするのは許せない。だから、出前の仕事はルビィさんに頼むことにしたわ」

「はぁ⁉」

「あ、ルビィさんに出前をする人間を斡旋《あっせん》して貰うって話だから。別に、ルビィさんに出前して貰う訳じゃないわよ？」

「そこじゃねぇよ！　何、勝手に俺の仕事奪って」

「先に勝手なことをしたのは、あんたでしょう？」

そこで一旦、言葉を切って恵理は訓練用の木剣をもう一つ手に取り、グイドへと放り投げた。そして、グイドがそれを受け取ったのを見て、挑むように自分の木剣の切っ先を向けた。

「まあ、チャンスをあげるわ……私に勝ったら、それこそ好きにすればいい。でも、私に負けたら観念してグリエスクード領に行って貰うわ」

「……言ったな？　吠《ほ》え面《づら》かかせてやるっ」

恵理の挑発に、グイドが怒鳴り返す。それにやれやれ、と思いつつ恵理はガータに目をやった。

「こんな奴ですが、Ａランクの冒険者です……少々、こちらの事情もありますが。私が闘えることを、示させて頂きます」

「あ、ああ」

そしてガータに一礼すると、恵理は木剣を構えてグイドへと向き直った。

闘って思い知る

エリとグイドは冒険者パーティーで、一緒に依頼を受けることはあった。しかしグイドは、エリと一対一で打ち合いをしたことはなかった。

（それを俺は、エリが俺を怖がっているからだって思ってた）

依頼で、エリが他の女性冒険者のようにもたついたことはない。けれど、それは仮にも（冒険者としては一人前として扱われる）Bランクだからだと軽く考えていた。今にして思えば、そうやってエリを頭から馬鹿にして下に見ていたのだろう。

だが、しかし。

「チッ……」

向き合ったが、エリはすぐには打ち込んでこなかった。

けれど、一方で彼女には全く隙がなく――焦《じ》れて、先に攻撃したのはグイドだった。

だが、それをエリは最低限の動きで避ける。それにまた腹が立ち、舌打ちをしたグイドが突進して木剣の切っ先を下から上へと振り上げると、更に高く跳んだエリにまたしてもかわされた。

しかも、エリはかわしただけではない。そのまま、己の体重をかけて頭上から切りかかってくる。

咄嗟《とっさ》に木剣で受け止めて薙《な》ぎ払ったが、後方に跳びがてらエリはグイドの顎を蹴り上げた！

「……がっ！」

たまらず声を上げ、そのまま背中から倒れ込んだグイドの前で、エリは後方へと宙返りをして綺麗に着地した。それに一瞬見惚《みと》れ、次いで我に返って立ち上がろうとするがエリの方が早い。グイドへと突進し、彼の喉元に木剣の切っ先を突きつけると、動けなくなったグイドの顎を持ち上げて言った。

「はい、私の勝ち」

「何、で……これだけ強いのに、Bランクなんだよっ⁉」

「そんなの、私の勝手でしょう？」

エリは自分が異世界からの転移者だと、グイドには伝えていない。ヴェロニカ同様、下手に知って巻き込むことを防ぐ為だ。

だがAランクに昇格しない理由がそれだとグイドに言う気はないので、代わりに、彼の視線の先で挑発するように口の端を上げて言う。

「約束よ。グリエスクード領に行きなさい」

「俺、は……っ」

「……普段が、仏頂面《ぶっちょうづら》とは言わないけど。休みの日に、冒険者として依頼受けてる方が楽しそうよ？」

「っ！」

「帝都で、パーティーを崩壊させたことへの負い目？　それとも、ギーヴルを倒したことで声がかかったけど、その時に怪我したことへの引け目？」

体勢的に目を逸らせないが、かつてのグイドなら舐められまいと言い返していただろう。だが反論出来なかったのは、今の彼はここで何を言っても虚勢にしかならないと解っているし、何よりエリの言葉が図星だと自覚していたからだ。

……そんなグイドの前で、エリがふ、と笑みを消す。

「くだらない」

「なっ⁉」

「くだらないでしょ？　冒険者として生きるなら、ロッコみたいな田舎にいるより、ニゲルとの交易で栄えているグリエスクード領に行った方がずっと良い。それこそ向こうは、あんたの負い目や引け目を承知した上で声かけてるのよ？」

「……あ」

「まあ、その分こき使われるかもだけどね……それでも、好きでしょう？　やりたいんでしょう？」

「エリ……」

「私も、好き勝手やるから。あんたも、好き勝手やってちょうだい……今度こそ、ね」

それは以前も、エリに言われた言葉だった。

そしてエリはグイドから木剣の切っ先を離し、獣人の女性――ガータへと顔を向けて、声をかけた。

「どうでしょう？」

「……確かに、少しは動けそうだな」

「じゃあ！」

「参加を認めるだけだ。怪我をしても知らんぞ」

「ありがとうございます！」

エリは、先程までグイドへと向けていた笑みとはまるで違う、嬉しくてたまらないという笑みをガータに向けた。

（ちぇっ……本当に全然、眼中にねぇんだな）

解っていたつもりだったが、改めて思い知らされた気がする。

嫌われているなら、まだマシだ。こっちは告白したと言うのに、全く意識されていない。

それでも、多少でも関わりがあったせいかエリはグイドの背中を押してくれた——いや、そんな優しいものではなく、容赦なく蹴り飛ばされた。物理的にも、精神的にも。

深いため息を吐きながら、グイドは訓練場の床に寝転がってポツリ、と呟いた。

「……解ったよ、やってやる」

旅立つ前に

次の日、恵理は店を開けた。今日は休み明け、限定五食のカツ丼を出す日である。

だが、カツ丼目当てで来た客達は、まずドアに貼られた『明日から改築により休業』という貼り紙について尋ねてきた。

「休むだけ、なんだよな⁉　このまま、帝都に行っちまうことないよな⁉」

客からの言葉で、ドリス達だけではなく他の人からも引き抜きを心配されていたと思い知る。だからこそ恵理は静かに、けれどキッパリとその問いかけを否定した。

「ええ、ありません。逆に、カツ丼を定番メニューにする為の改築ですし。しばらく留守にするのも、新メニューの為の買い出しですよ」

「本当だなっ！」

「ええ、管理神……いえ、創世神に誓って」

ティエーラは他の世界共々創世神によって創られ、それぞれの世界は管理神に任されているとされている。だから、管理神より創世神に誓う方がより強いものとなる。

余談だが日本の漫画だと、異世界転生や転移の時にはそんな神と対面するものが多いが――グルナも恵理も、神に会ってはいない。それはお互い「チートじゃないし」で納得している。

だから神が本当にいるかどうかは解らないが、この世界では信じられているので恵理も『神への誓い』を使う。現に、言われた男も安心したように厳《いか》つい頬を緩めた。

「……それなら、大丈夫だな」

「おう、安心したぜ店長！　そんな訳で、カツ丼大盛り一つっ」

「ちょっ、ズルいぞ。俺もだ！」

「かしこまりました！　レアン、お願いね」

「はい！」

微笑みながらの恵理の誓いに店内はしばししんみりしたが、続けて声が上がったカツ丼の注文がその空気を吹き飛ばす。

それに満面の笑みで応え、アイテムボックスから取り出したカツ丼をレアンに運んで貰おうとして――そこで恵理は、貼り紙に書いていなかったことを思い出して、皆に聞こえるように言葉を続けた。

「どんぶりは、全部じゃありませんが休みの間はグルナの店で提供します！　ラグーソース丼とグルナの作ったオムドミグラスソース丼を、よろしくお願いしますね」

※※※

昨日、恵理がグイドに勝利してアジュール国の武闘会に出ることが決まった時、ルーベルがしてくれたのはグルナの店に行き、彼を訓練場へと連れてくることだった。そして、グルナの肩に背後から手を置いて言う。

「エリ、皆があなたのどんぶりを楽しみにしてるわよぉ。あなたにしかできないことを、やっていきなさいねぇ」

「恵理、安心しろ！　今回のオムハヤシ……だと、通じないか。オムドミグラスソース丼とラグーソース丼は、俺に任せろ！」

ルーベルの言葉に、グルナもまた恵理を鼓舞するように続けた。ラグー飯はロッコの名物なので、休みの間にもグルナが出してくれたら安心出来る。

だからホッとして、恵理は頬を緩めながら言った。

「ありがとうございます……行ってきますね！」

それぞれが動いていました

……話は、前日に遡《さかのぼ》る。

グイドに勝負を挑むエリを見て、いつもなら彼女の闘う姿を見届ける筈のティートが、真剣な表情でクルリと踵《きびす》を返した。そんな彼の後を追うように、ヴェロニカと護衛のヘルバもまた訓練場を後にする。

「若旦那とヴェロニカ様ぁ？　見ていかなくていいのぉ？」

エリの集中を途切れさせないよう、ルーベルもそっと訓練場を離れてから二人に声をかけた。それに足こそ止めるが、振り返った三人に戻る気配はない。

「勝つのは女神です。それなら僕は、明後日旅立つ前に女神達を乗せられるような馬車や食料、あと近隣の街や村への大浴場の休業連絡や、アジュールで買い入れをする為の資金を用意しなければ」

「ええ、エリ先生なら勝ちますわ。それならわたくしも、自分に出来ることをしなければ……ティートさん？　大浴場の休業については、帝都でも知らせるのと……改築については、先程決めた通りに我がアルスワード侯爵家からリウッツィ商会に依頼すればよろしいのね？」

「ええ、こちらでも労働者を探しますが……少しでも、早く完成させたいので。先行して僕からも人手を手配する連絡をしておきますが、よろしくお願いします」

「解りましたわ。そうなると……ヘルバ、このまま帝都に帰りますわよ」

「はい、お嬢様。今からなら、帝都行きの馬車に乗れますからね」

「若旦那ぁ？　何で、旅立つのが明後日ぇ？」

「僕の準備もありますが……明日は、女神の店で限定五食のカツ丼を出す日でしょう？　その日に女神がいなくなっては、ロッコ中の店のファンに恨まれます」

眼鏡のブリッジを上げ、キッパリと言うティートは何て言うか、本当にブレないなと思う。

もっとも、ロッコをより良くすることに対してはルーベルも文句なし、むしろどんと来いなので彼もまた動くことにした。

「グルナにも声、かけてくるけどぉ……温泉の汲み上げについては、職人にお願いしてくるわねぇ」

※※※

グルナの店に行く前に、ルーベルが向かったのはドワーフの鍛冶職人・ローニの店だった。かつての鉱山で、発掘中に湧くお湯を汲み上げ、外に出すようにしていたのは彼なのである。

そんなローニの力を、温泉を二階に汲み上げる為に貸してほしい。そう頼むと、ローニは妻であるアダラよりも赤みのある、茶色の瞳を輝かせた。

「また、あのどんぶり店の姉ちゃんが面白いことを考えたか！」

「そうなのよぉ。それでぜひ、ローニさんの力を借りたくてぇ」

「勿論！　むしろ、ただ働きでもこちらからお願いしたいくらいだっ」

「アンタっ」

「親方、落ち着いて下さい！　仕事はいいですけど、無料は駄目ですっ」

楽しげに宣言したローニを、アダラと弟子であるハールがそれぞれ制止する。そんな彼らを微笑ましく見つめながら、ルーベルは安心させるように言った。

「勿論、お金は払うわよぉ……むしろ、お弟子さんにも参加してほしいくらいねぇ。そうしたら今後、新しく建物を造る時に活かせるでしょ～？」

「いいんですかっ⁉」

「お前も落ち着きな、ハール……まあ、興奮するなって言うのは無理だろうけどね」

師匠に似て、眼鏡の奥の栗色の目を輝かせ、新しいものに飛びつく似た者師弟を見て、アダラはやれやれといった様子で笑った。

そして料金や図面についてローニ達と話すと、ルーベルは甥のグルナの店へと行って——どんぶり店の休業中に、グルナの店でどんぶりの一部を出してほしいとお願いしたのである。

※※※

一方、グイドはエリと闘った次の日、蹴られた顎の痛みに顔を顰めつつも、出前の仕事をした。辞めるとエリに約束させられたが、休業する前の一日の仕事はやり遂げたいと言ったからだ。

グイドは最初、仕事の後にそのまま旅に出ようとしていたが——夜に外に出るのは流石に自殺行為なので、ルーベルは朝になってから出るように言った。夜のうちに借りていた部屋を掃除し、朝九刻（午前九時）くらいにルーベルに挨拶をしに来た。

「世話に、なりました」

愛想はないが、それこそ最初は挨拶すらまともに出来なかったのを考えれば、大した進歩である。

だからそんなグイドに、ルーベルは隻眼を笑みの形に細めて答えた。

「こちらこそ〜。今まで依頼、受けてくれてありがとうねぇ」

「……いえ」

短く、それだけ答えるとグイドはペコリと頭を下げて一人、冒険者ギルドを後にした。

……向かった先は、グリエスクード辺境伯領である。

旅立ち、そして

同じ日の朝六刻。グイドの旅立ちに先立って、教会の鐘が鳴る中、恵理達はアジュールに出発することにした。

ティートが用意した馬車は、幌《ほろ》馬車だった。食料や毛布などは、ティートのアイテムボックスに入っているので、恵理とレアンとガータ、そしてサムエルとミリアムとティートが乗っても、まだ余裕がある。

「ミリアム？　武闘会に参加出来ないなら、ついて来なくてもいいんじゃねぇ？」

「確かに……こんなに小さくて細いのだから、無理するべきではない」

サムエルもだが、ガータも真剣な表情で止めている。同性だが、いや、逆に同性だからこそガータは女性に対して過保護な気がする。

けれど、ミリアムの決意は固かった。

「エリ様とサム、応援する」

「あー……ありがとな。でもお前、体力無いから。移動中は、出来るだけ寝てろよ」

「私も、武闘会には出ないからな。辛くなったら手を貸すから、遠慮なく言ってくれ」

「ん、ありがと」

サムエルはミリアムの頭を撫でた。そしてガータも続けて申し出てくれたことに、ミリアムは素直にお礼を言った。

それを見ていた恵理に、ティートが声をかけてくる。

「途中、アジュールまで駆け続ける為に馬は替えていきますが、御者《ぎょしゃ》につき合わせるのも申し訳ないので、雇わず我々が交代で馬を走らせます。本当なら、武闘会に備えて体調を万全にして頂くべきなんですが」

「ううん。そもそも間に合わないと、話にならないし……休むのは、アジュールに着いてからでもいいわ。それに、幌とこれだけの広さがあれば移動中に眠れるし。むしろありがとう、ティート」

「女神……！」

労うと、ティートが祈るように両手を組んで眼鏡越しにキラキラした瞳を向けてきた。見た目は美人に育ったが、子供の頃から変わらない。

温かい気持ちになったのと、サムエル達のやり取りにつられて、恵理はティートの黒髪を優しく撫でる。その後、馬車に向かった恵理はティートが感激のあまり、涙ぐんでいたことを知らずにいた。更に、二人のやり取りを見ていたガータがサムエル達にそれについて尋ねていたことも。

「おい、あいつは彼女に対してはいつもああなのか？」

「ああ。師匠を信頼って言うか……妄信《もうしん》？　崇拝？　してるからな」

「ん」

恵理からの頭ポンポンの余韻に浸《ひた》る為か、まずティートが御者を引き受ける。

それから幌馬車を走らせて、食事兼休息の時以外は恵理達は交代で御者をし、馬車の中で仮眠を取った。ちなみに、食事担当は恵理である。

「美味しいです、女神！」

「ありがとうございます、店長！」

「美味いです、師匠っ」

「ん、最高」

「……これだけ美味しいものを作れるのなら、やはり怪我をするようなことはしない方がいいんじゃないか？」

タイ米を使って、どんぶりメイン。気分によりお粥《かゆ》や肉巻きおにぎりにして出してみた。概《おおむ》ね好評だったが、ガータは未だに恵理が闘うことを心配しているのか、事あるごとにそう言ってくる。気遣ってくれているのは解るので、恵理はその都度、笑って返していた。

そんな恵理とサムエルとミリアムは冒険者であり、旅や野宿は慣れっこで、ティートも商いで旅をするので、意外と涼しい顔で馬を扱っている。

だから、旅慣れていないと思われたレアンとガータのことが心配になったが——体力自体はあるらしく、特に問題はなさそうだ。

そんな訳での弾丸ツアーだったが、アスファル帝国を出て、通過するだけのルベル公国を馬車で駆け抜ける。

そして冬なのに、雪がないだけではなく暖かい風を感じ。

……砂塵《さじん》や土埃《つちぼこり》が舞い上がるので、幌についている窓から景色が黄色く見えるようになった頃。

旅立ちから一週間後、恵理達はアジュール国に到着したのである。

不安な気持ちは晴れたけど

季節は確か、冬の筈だ。現にロッコの街では、雪が積もっていた。

けれど、恵理が到着したアジュール国には雪がない。夜こそ涼しくなるらしいが、気温も小春日和《こはるびより》どころではなく、昼間はむしろ初夏だ。世界は広い。

馬車の外を歩く人達も胸元が開いていたり、ズボンも通気性が良いように裾が広がっている。男性だとベストを羽織って胸元だけ隠し、お腹を出していたりと涼し気である。生地の色や刺繍が華やかなので、日本の物語で読んだアラビア風という感じだろうか。

余談だが、ガータはアスファル帝国で一般的に見る格好だったのでどうやって手に入れたか聞くと、あちらの冬は寒いと解っていたので市場で古着として売っていた外套などを買ったと言った。他の服も、そうやって手に入れているらしい。

（……奴隷として売られた人の、ってことかしら？）

そこで、恵理は考えるのをやめることにした。入手元を考えると微妙な気持ちになるが、確かにこれだけ気温差があるのなら帝国の衣装は必要だったと思うからだ。

「着いたぞ」

「ありがとうございます」

「ガータ様、お帰りなさいませ」

「うむ……客人を連れてきた。風呂と、食事の支度を」

「かしこまりました」

御者となり、アジュール国の首都・ベルデで馬を走らせていたガータが声をかけてくる。それに恵理がお礼を言って降りると、馬車の中から道沿いに並んでいるのが見えた四角い簡素な平屋とは違う、大きな邸宅だった。

玄関らしい場所へと向かうと、使用人と思《おぼ》しき女性が数人出てくる。

そのうちの一人に外套を渡しガータが指示を出すと、使用人達はそれぞれ頭を下げた。フードを外し外套を脱ぐことで、ガータの赤褐色の猫耳と同色の揺れる尻尾が露《あらわ》になる。けれど使用人達には、女性だから獣人だからとガータを侮《あなど》る気配はまるでない。

獣人に対する差別はこの世界共通と思っていただけに（ニゲル国は少し違うようだが）、それだけ、武闘会の優勝者という肩書はこの国で大きいのだと実感する。

（武闘会目当ての人でいっぱいで、宿に泊まるのは難しいからってお邪魔することになったけど）

内心、恵理達五人が泊まるのは迷惑ではないかと思っていたが、これなら一安心である。

「さて、先に風呂に入るか」

「……えっ？」

「部下も来ることがあるので、男女それぞれの浴室を用意している。まずは、長旅の疲れを癒そうか」

「ん。エリ様、行こ」

「あ、ええ」

風呂に入るとは聞いたが、家の主人であるガータと一緒に入ることになるとは思わなかった。日本で温泉や銭湯に、あと大浴場にも何度か行ったが、招かれた個人宅でとなるとだいぶ勝手が違う。話の展開に付いていけず、戸惑っていると先に我に返ったらしいミリアムが頷いて恵理の手を引いた。

見ると男性陣も、使用人に促されて邸宅の反対方向へと連れられていく。戸惑いつつも、汗を流せる誘惑には勝てなかったらしい。大人しく付いていくティート達をしばし見送り、恵理もガータ達に付いていった。

異文化（風呂）体験

服を脱いだところで、控えていた使用人から大きな布を渡される。

タオルかと思ったら、バスローブだった。木綿で作られていたことに驚いたが、以前ティートから、元々ルベル公国の木綿もアジュール国から輸入したのだと聞いたことを思い出した。肌触りの心地好《よ》さに、たまらず頬が緩む。

続いて、いくつか並ぶ長椅子の一つに座るよう促された。そして座ったところでお湯をかけられ、別の小部屋に連れていかれた。

「サウ……蒸し風呂？」

「ああ、ロッコにもあるんだったか」

「ええ」

「基本、集落はオアシスのあるところに作られるが、水も無限ではないからな。アジュールでは湯に入るのではなく、蒸し風呂が一般的だ。更に、垢《あか》すりと揉み療治《りょうじ》がついてくる」

「揉み療治？」

「口で説明するのは面倒だ。とにかく体験しろ」

「……そうですね」

聞き慣れない言葉に恵理が首を傾げると、ガータがキッパリ言った。悪気がないのは解るし、確かにその通りである。

だから、と恵理が頷くと――そんな彼女のバスローブの腰の辺りを、ミリアムが掴んできた。

蒸し風呂は、平民の文化だ。貴族は、かつての勇者の影響もあり浴槽に入るのが一般的である。おそらくミリアムは風呂とだけ聞いて飛びついたのだろうが、慣れない形式にいつもの無表情が更に固まっている。

「大丈夫……って、私も体験してみないと解らないけど。一緒に、入りましょう？」

「……ん。エリ様と、一緒」

恵理の言葉に、ミリアムが自分に言い聞かせるように呟いて頷く。それから恵理は、バスローブを掴んだままのミリアムを連れてサウナに入った。

アジュールのサウナはロッコのドライサウナとは違う、蒸気がモクモクと出ているスチームサウナだ。十分から十五分汗を流した後、長椅子のあった部屋に戻ってうつ伏せになるよう言われた。バスローブを敷いて横たわると、髪や体を洗われて垢すりをされた。

そしてお湯で流しサッパリしたところで、最後は良い香りのするオイルを塗られてのマッサージだった――なるほど、揉み療治とは言い得て妙だ。

体を洗われることは貴族でもあるらしいが、垢すりにはミリアムは目を白黒させていた。しかし、マッサージが終わるとすっかりリラックスしたようだ。元々、肌は綺麗だが更にしっとり潤っている。

（これって、エステじゃない……って、ことは！）

大浴場の貴族フロアでやると、最高のおもてなしになるのではないか。

そう思い、ティートに伝えようとした恵理だったが、用意された衣装を見て固まる。

「……ベリーダンサー？」

いや、確かに思い返せばビキニっぽい胸当てとズボン、あるいはスカートを穿《は》いて歩いていた女性もいたが。

鮮やかな色と露出の多い衣装に、恵理とミリアムは怯《ひる》んだ。そして「着慣れた服が良い」と言って洗って貰った服を風魔法で乾かし、恵理は付いてきたミリアムと共にティート達のもとへと向かった。

異文化（食事）体験

ティート達と合流すると、彼らは魔法が使えなかったのでアジュール風の装いに身を包んでいた。いつもキッチリ着込んでいるティートは珍しく半袖シャツだし、サムエルとレアンに至っては素肌にベストを羽織っただけだ。細マッチョなサムエルと細いがしなやかなレアンにピッタリではある。もっとも落ち着かないそうなので、後で洗濯された服を乾かしてほしいと言われたが。

そしてアジュールの風呂文化については、同じように体験したティートも貴族へのもてなしとして使えると思ったらしい。

そんな彼に、ミリアムが提案したのは魔法で作った鳥に手紙を運ばせることだ。あまり大きなものは運べないので移動には使えないが、手紙なら二、三日もあれば届けられるらしい。

ティートはミリアムにお礼を言い、書いた手紙を風魔法で作ったらしい白い鳥の足に結わえてロッコに送った。恵理からすれば大したものだと思うが、ミリアムとしてはまだまだらしい。

「帝《みかど》だと、瞬間移動も出来るらしい……頑張る」

帝と言うのはSランクより更に上、帝都の冒険者ギルドに属する七人の実力者に贈られる称号である。黒と見紛《みまが》う深紅のローブを纏って、顔や素性は隠している。武力も魔力も桁違いなので、恵理とは別な意味でミリアムの憧れの存在である。

（と言うか、空席が出来たらミリアムも帝になれそうだけど）

実力的には文句なしではないかと恵理は思うが、ミリアムなりにこだわりがあるらしい。まあ、無表情ながらも拳を握って気合いを入れているのが可愛いので、静かに見守ることにしよう。

「さて、食事を取ろうか」

そんな恵理達にガータが声をかけて、尻尾を揺らしながら食堂らしき部屋へと連れて行ってくれた。とは言え、テーブルはない。クッションを並べた絨毯《じゅうたん》の上に、たくさんの料理が載った皿がいくつも並べられている。

「たくさんあるが、残しても気にしないでくれ。アジュールでは、食べきられる方が客をもてなせていないという判断になるんだ。ただ、好きなように飲み食いしてくれれば良い」

「ありがとうございます……すごい……」

そう言って、絨毯に腰を下ろすガータに倣《なら》う。それからアジュールの料理を見て、恵理は思わず感嘆の声を上げた。

山羊《やぎ》のチーズや羊肉の生たたき、サラダに始まって、串に刺して炭火で焼いた肉料理。更に、挽き肉を香辛料で炒めて煮込み、ナンにつけて食べるほぼカレーな料理もあった。とは言え、日本のカレーのようにとろみがないのと野菜もそのままではなくペーストにしているので、恵理の感覚としてはスープに近い。

「香辛料が、たくさん……贅沢な料理ですね」

「他国から見ればな。この国では汗をかくから、濃い味が好まれる。あと、暑さなどのせいで作ることの出来る作物が限られる。だから、売れるものを最大限の金額で売っているだけだ」

「なるほど……」

ガータの説明に頷いたところで、恵理は口にしている料理についてあることに気づいた。

……これだけたくさん香辛料があるのに、甘みのある料理はほとんどなかった。まあ、一般的な砂糖を作っているのはルベル公国のみなので、それを買う為にも関税を高くしているのだろう。

（だとしたら、てんさい砂糖って交渉材料になるかしら？）

まずは武闘会で優勝して、交渉の場を設けることが必要だが。

そう思い、恵理がティートを見ると——目線で考えていることが伝わったのか、微笑みながら頷かれた。

アジュールでの夜と昼

香辛料てんこ盛り、もはや祭り状態の料理を食べてラッシー（アジュールでは山羊のヨーグルトと牛乳で作るようだ）を飲んだ後、恵理達は客間へと通された。

当然だが、男性と女性で部屋分けされる。その為、男性陣と分かれる前にミリアムと二人で彼らの服を風魔法で乾かしてから、恵理達は与えられた部屋に入り、寝間着代わりの服に着替えてベッドに腰かけた。

天蓋《てんがい》ベッド自体は、アスファル帝国にもある。だが、帝都などでは白を基調としてレースが使われているが、アジュールでは落ち着いた赤い布に金糸で刺繍が施されていた。

「部屋に入った時は派手だと思ったけど、寝心地は良さそうね」

「…………」

肌触りの良い敷き布団を触りつつ、同室になったミリアムに話しかけるが答えはない。

おや、と思って恵理が身を起こすと、隣のベッドでは既にミリアムが目を閉じ、安らかな寝息を立てていた。

「風邪ひ……かないかな？　うーん、でもなぁ」

冬にしては暖かいとは思うが、それでも昼間よりは気温が下がっている。

だから、と恵理はミリアムの腕を自分の肩に回すようにして、その体を動かした。そして掛け布団と敷き布団の間に横たわらせ、布団をかける。その間も、全く目を覚ます気配がない。

「よっぽど、疲れてたのね……まあ、私もか」

ぽつり、と呟いて恵理も自分のベッドに横たわった。当然だが、昨日までの馬車のように揺れることはない。

……途端に強烈な睡魔に襲われ、恵理はその欲求に逆らわずに目を閉じた。

※※※

次の日、恵理が目を覚ましたのは昼近くだった。

普段、寝坊をしないのでよっぽど疲れていたのかと驚く。もっとも、ミリアムはまだ眠ったままだが。

（……って、あれ？　そう言えば、武闘会って……明日!?）

しばしぼんやり微睡《まどろ》んでいたが、そこまで考えたところで覚醒する。

そして、ミリアムを起こさないように恵理がそっと部屋を出ると、そこで長袖シャツにズボン姿のティートに会った。事前に気候を聞いていたので上着は羽織っていないが、初夏並みの気温なのに暑くないのだろうか？

「おはよう、ティート……あの、武闘会の参加申し込みって」

「おはようございます、女神。申し込みは今朝、僕が済ませましたから大丈夫ですよ。他の皆が起きてきたら、聞いてきた決まりや禁止事項について説明しますね」

「ありがとう！」

「いえいえ。そのおかげで露店で装飾品や香辛料を見たり、有意義でした」

「……って、暑くなかった？」

「まあ、それは……でも、僕は日に焼けると赤くなるので。日焼けで、腕や足が痛くなるよりは良いです」

そう言って微笑むティートは、汗をかいていないこともありとても爽やかで涼しげだった。恵理やミリアムと違い、水魔法を使っての気温調節も出来ないのに大したものだ。

「あと、ガータさんに連れていって貰って、会場を見てきたんですが……すごく大きかったです！　円形なので、野外音楽堂のように歓声が響きそうで……あの会場で女神が闘い喝采《かっさい》を浴びると思うと、感無量ですっ」

「あ、はい」

両手を祈るように組み、眼鏡の奥の瞳を輝かせるティートを見て恵理は前言撤回した。いつもの暑苦しいティートである。

うっかりと、恵理のこだわり

しばらくするとミリアムも起きてきたので、恵理達は朝食兼昼食を食べることになった。

昨日と同じく、食卓ではなく靴を脱いで絨毯に座り、並べられた料理を食べるスタイルだ。床に座るだけなら日本人である恵理は慣れているが、テーブルがなく絨毯の上に料理の載った皿を並べるのはやっぱり異世界と言うか、異国だなと思う。

ちなみに、野営ともまた違うのでサムエル達は落ち着かないようである。昨日は風呂上がりで寛《くつろ》いでいたが、明るい中だとそうもいかないらしい。そんな彼らに、恵理は声をかけた。

「楽にしないと足、痺れるわよ……さあ、ご飯いただきましょう?」

それから恵理は出された平らなパンに、焼いた茄子《なす》をペースト状にしたディップをつけて食べた。野菜をたっぷり使い、オリーブオイルとレモン汁で味つけしたサラダも美味しい。そして、味噌汁ではないが豆で作られたスープを飲んでホッと息をつく。

(昨日は肉と香辛料メインだったけど、今日は野菜メインね)

勿論、香辛料も肉も美味しいのだが、三食ボリューミーだと恵理だけではなく、レアン達若者も胃や舌をやられると思う。だが、こうやって緩急《かんきゅう》があるのなら武闘会が開催される数日間、快適に過ごせるだろう。

「あ、美味しい……」

「ホッとしますね」

レアンとティートも同様だったらしく、我知らず頬を緩めている。

「俺はもうちょい、ボリュームが……あ！　このサラダ、パンで巻いて食べていいっすか？」

「サム……まあ、美味しそう、ではある」

「ああ、大丈夫だ。好きなように食べてくれ」

一方、サムエルは食べ応えにこだわった結果、サラダロールのように食べることを思いついたらしい。昔サムエルは野菜嫌いだったが、大人になったら食べるようになった。ミリアムは野菜はむしろ好きだが、同じ味が続くと飽きる傾向にある。それ故、ガータの許可が出た途端、二人は同じように平らなパンでサラダを巻いて、恵方巻のようにかじりついていた。

そして一通り食べ終わり、食後に出されたのはコーヒーだった。とは言え、恵理の知っているようにフィルターを通しているのではなく、コーヒーの粉を煮込み香辛料を入れて飲むものだった。チャイ（茶葉を煮込んでスパイスを入れる紅茶）は日本で飲んだことがあるが、これはこれで美味しいと思う。

皆が一息ついたところで、ティートが手を挙げて口を開いた。

「武闘会の決まりについて、聞いてきたことを説明します……ガータさん、もし間違いがあったら教えて下さい」

「ああ」

「では……明日からの大会には、女神達を入れて十六人参加します。素手でも武器でも参加可能ですが、魔法は強化魔法まで。それ以外の魔法を使ったら、試合は中止となり退場……だ、そうですが」

そこで一旦、言葉を切ってティートはクイッと眼鏡のブリッジを上げた。

「戦闘にのめりこみ過ぎて『ついうっかり』魔力が暴走した場合は、反則にならないそうです。あと、たとえ試合に負けても王族に顔は売れるので、参加する魔法剣士もいるそうです」

「へぇ……」

「……それなら、私も」

「だから、見るからに魔法使いな者は駄目なんだ」

「……むぅ」

ティートの説明に恵理はあいづちを打ち、ミリアムが再度武闘会参加を主張する。けれどガータが再び制止し、ミリアムは唇を尖らせた。

そんなミリアムの頭を撫でて、恵理が気になったことを尋ねる。

「その『うっかり』暴走した魔法を、魔法で撥《は》ね返すのは？　反則になります？」

「……いや、魔法の暴走だから、魔法で防ぐのが駄目と言うのはないだろう。ただ、魔法を使えるのはごく一部の人間だ。だから、両方が魔法を使えるという組み合わせはありえないと思う」

「だったら、ミリー？　レアンとサムエルに、魔石で『お守り』を作ってあげたら？」

「っ！　んっ」

恵理の質問にガータが戸惑いつつも答え、ミリアムは『お守り』に灰色の瞳を輝かせてコクコクと頷いた。魔石は燃料のような扱いだったが、ミリアムは自分で魔力をこめるようになってから、むしろマジックアイテムのように使うことも出来るようになったのだ。害意を向けられた時には持ち主を守るようにと、意識して魔力をこめる。そうすると大抵は一回きりだが、その魔石を身に着けているとちょっとした怪我や魔法攻撃から身を守れるのである。それを恵理とミリアムは『お守り』と呼ぶようになっていた。

……そう言えばミリアムやアレン、更にグイドなど周りに魔法を使える者が何人もいたので忘れていたが、ガータの言う通り普通は魔法を使えるのはごく一部の人間だった。

「お前には、『お守り』とやらはいらないのか？」

そしてガータが尋ねてきたのに、恵理は笑って答えた。

「ええ。あ、目には目を、魔法には魔法をなんで、『うっかり』がなければ使いません。だから、安心して下さいね」

武闘会の前に

次の日、武闘会初日。

昨日のようにホッとする朝食を頂いた後、恵理達はガータと、昨日申し込みをしてくれたティートに連れられて歩いて武闘会会場へと向かった。

大きい建物なので、歩いている間にも見えはしていた。けれど住宅街を過ぎ、並ぶ露店を通過した後、到着したところで恵理は大きく目を見張った。

「コロッセオ……」

「んっ？」

「いえ、何でも」

昨日、ティートから『円形』と聞いていて、もしやと思っていたが――映画や漫画で見たことのある、円形闘技場そのままの建物を見て、恵理は思わず呟いた。アジュールではそう呼ばないのか、ガータが不思議そうに振り返るのに笑って誤魔化す。

「応援、してる」

「おう、見ててくれ……これ、ありがとうな。ミリー」

「ありがとうございます」

「ん」

　これから、恵理達は参加者用の控え室に行くので観客となるミリアムとティート、ガータとは別行動になる。他の対戦者の試合を見ることは出来るらしいが、それも観客席からではなく会場の隅かららしい。

　だからと両手で拳を握り、無表情ながらもエールを送るミリアムに、サムエルとレアンは笑って首から下げた白い魔石を見せた。それに、ミリアムも安心したように灰色の瞳を細める。

（風属性の魔力をこめたのね）

　害意に反応し、風で持ち主を包むので『お守り』としては効果的だろう。もっとも、己の魔力を魔法として放出出来るのは一部の人間だ。あくまでも万が一、念の為の処置である。

（今回使わなくても、腐ったり減るものじゃないし。特にサムエルは、冒険者として危険な依頼を受けることもあるから）

「レアン達はともかく、店長はとにかく無理するな。女性だからと言って、手加減などして貰えないからな」

「はい」

　そんなことを考えていると、ガータがそう言ってきた。

　多少、闘えるところを見せてもやはり心配されているらしい。とは言え、反論するのも何なので恵理は素直に頷いてみせた。

「女神」

「えっ？」

「女神は、いつも頑張っているので……今日も、その頑張りを見守らせて頂きますね」

ティートが、恵理にそう言って眼鏡の奥の双眸《そうぼう》を細める。美形の微笑みだけでも眩《まばゆ》いのに、紡がれた言葉に恵理は感心した。

（ミリアムも、無意識に言葉を選んだみたいだけど……「頑張れ」って言い方は、悪気はないと思うけど、今まで頑張ってなかったのかって、落ち込むこともあるのよね）

くり返すが、言っている方に悪気はないと思うので素直に受け取るようにはしている。

している、が――こうして全肯定されると、やっぱり嬉しい。女神呼びに普通に返事してしまったのは何だが、それこそもっと頑張って応えたいと恵理は思った。

控え室での闘い

冒険者にも女性はいる。

いる、が――結婚や出産で辞める者が多いので、若いうちは腰かけと思われ、軽んじられることが多かった。

東洋人らしい顔立ち故、年よりも若く見られるのは痛感している。

それでも頑張れば報われると思ったが、今度は成人しても独身でいることで半人前扱いされた。

最初は悔しく思ったけれど、個人では周囲の認識をなかなか変えられない。いつしか諦めて、雑音だと流すようになった。

だから、恵理は自分が悪く言われることに対してはあまり腹が立たない。

「女に、獣人か」

「前回優勝者のせいで、歴史ある武闘会に誰でも出られると勘違いされてしまった」

「全く、困ったもんだよ」

「…………」

「おい……」

けれど参加者の控え室に入って早々、厳つい男とズルそうな印象の男に聞こえよがしに嫌味を言われたのには腹が立った。恵理にだけなら良いがレアン、更にガータのことまで悪く言われたからだ。サムエルも不快げに眉を寄せ、反論しようと口を開く。

「強い者であれば、身分も性別も問わない。それが、この武闘会の決まり。そうだろう？」

しかしそんな恵理達と男達の間に、第三者の声が割り込んできた。

言葉『だけ』なら、優しさを感じる。

恵理が、声のした方へ視線を向けると――黒髪に黒い瞳、小麦色の肌というアジュールの民らしい色彩の男だった。年の頃は、二十代半ばだろうか？　見た目はそれなりにハンサムだが、その目は恵理とレアンを見下している。

（私達を庇《かば》ってみせて、良い人アピールしたいってことか）

もっとも、言われた二人は「カッコつけやがって」や「白けた」などとぼやいている。色彩は同じアジュール人だが、特に知り合いなどではないらしい。

良い人アピールが誰向けなのかと疑問だったが、男は満足そうなので放っておくことにする。そして流石に無視するのも何なので、無言で男に頭を下げてみせた。レアンやサムエルも男の視線に気づいたのか、同様に会釈だけをする。

そんな恵理達に構わず、男はにこにこ笑いながら話しかけてきた。

「武闘会の決まりがあるからこそ、女性だからと言って手加減はしないよ。それは、逆に失礼に当たるからね」

「えっ、手加減って……？」

「もしかして、師匠の対戦相手ってことじゃないですか？」

そして男の言葉に恵理が首を傾げると、サムエルが控え室に貼ってあった対戦表を指差した。見ると一回戦、自分の相手として『カリル』という名前が書かれている。なるほど。『エリ』はこちらでも女性に多い名前なので、男――カリルは、参加者の中で唯一の女性である恵理が対戦相手だと解ったのだろう。

「よろしくお願いします」

まあ、嫌な思いこそしたが表立って悪口が聞こえなくなっただけマシである。

だから、と恵理はカリルに短くお礼を言って人のいない壁側に移動した。そんな恵理にだけ聞こえるように、レアンが話しかけてくる。

「店長……あの男に、ミリーさんの『お守り』が反応しました」

「師匠、俺のもです」

「……そう」

ミリアムの作った『お守り』は、害意だけが条件だとそもそも闘えないので『害意ある魔法』という条件付けをしている。そして魔力は皆が持っているが、魔法を使える者は己の魔力を多かれ少なかれ纏っているのだ。無意識に、あるいは意識して自分の身を守る為にである。だから、高位の魔法使いは相手が同じ魔法使いかどうかが解ると言う。

ちなみに恵理は、自分が魔力を纏っていることは解るが他人のはよく解らない。一方、ミリアムは自分のも相手のも解るので『お守り』への付与を思いついたのだろう。Sランクの魔法使いだからこそ、ミリアムの条件付けは完璧だ。

この男の体つきを見る限り、多少は鍛えているようだが――いかにも『魔法使い』だと参加自体が出来ないので、闘えもするし魔法も使えるのだろう。そう言えば、ガータが『魔法剣士』で名前を売る為に参加する者もいると言っていた。

「私達、ツイてるわね」

魔法を使える者は何人もいない筈だ。そのうちの二人が闘うのなら、レアンとサムエルに魔法使いが当たる確率はグッと減った。

そう言って二人に笑ってみせると、レアンとサムエルは軽く目を見張り――それからつられたと言うよりは、やれやれと言うように頬を緩めた。

決意と、訳ありそうな男と

恵理の対戦相手は、良い人アピールの魔法剣士（の可能性大）カリルで。

サムエルとレアンの相手は、何と先程、レアンとガータを貶《けな》していた二人だった。ちなみに厳つい方がサムエルと、ズルそうな方がレアンと闘うことになる。当人達がわざわざ教えてくれたのには何だかな、と思ったがサムエルはむしろ喜んだ。

「俺らもツイてますね、師匠！」

正々堂々やり返せると、爽やかな笑顔で言う。一方、レアンは何かを決意するように両手で拳を握った。

「俺はともかく、ガータ姉のことを悪く言われたのは……許せません」

「……レアン」

「頑張ります」

生真面目な表情で宣言し、レアンは気合いが入ったように犬耳を立てた。獣人であることを卑下《ひげ》する傾向がレアンにはあるが、それでも同郷のガータまで貶されたことには納得いかなかったらしい。可愛いだけではなく、凛々《りり》しくも見えた。

「ええ、私も頑張るわ」

そう言って恵理が二人に笑いかけると、急に控え室の中がざわついた。

周囲の様子を見てそれが今、入ってきた人物に対する反応だと気づいて目をやり――恵理は、黒い瞳を軽く見張った。

短い黒髪と瞳、小麦色の肌。

色彩は他のアジュール人と同じだが、その顔には無残な傷跡が刻まれていた。

いや、顔だけではない。下にはゆったりしたズボンを穿いているが胸や腕にも傷がある。あの様子では、腹やズボンの下の脚にも同じような傷があるのではないだろうか。

だが、周囲のざわめきには別の意味があったらしい。

「アイツも出るのか」

「もう、第三王子のモノなんだから、出なくても良いだろうに」

「むしろ、王子サマに尻尾振る為だろ？」

「違いねぇ」

「浅ましいもんだぜ」

恵理達同様、いや、同じアジュール人だと考えればもっと酷い言われようだ。

とは言え、言われている男（背は少し低いが、サムエルと同じ二十歳くらいだろうか）は平然としている。無言で控え室に入り対戦表をチラリと見ると恵理達から離れた場所にある、空いている椅子へと向かって腰かけた。それに対して、聞こえよがしに陰口を叩いていた（サムエル達の対戦相手も懲りずに言っていた）面々が逃げるように後ずさったり、視線を逸らしたりする。

（魔力があるかは、相変わらず解らないけど……単純に、強そうよね）

剣士や冒険者としての強さなら、多少は元冒険者として揉まれてきた恵理にも解る。サムエルとレアンも同様で、表情を引き締めて男を見た。

……一方、男も恵理達を一瞥《いちべつ》し、あとは他には目もくれず腕を組んで目を閉じた。

一方、観客席では

ガータ達が円形闘技場の席に着くと、周りからチラチラと見られた。

最初は、ティート達が外国人だからかと思ったが――その視線の大半はガータへと向けられていた。

アジュールに戻ってから、ガータは外套のフードを被りはしない。獣人であることで人目を引いても、彼女にとってはここが第二の故郷ということで気にならないのだろう。猫耳や尻尾もいつも通りで、逆立ったり伏せたりしてはいない。

「……ヤな、感じ」

「すまないな。だが、私がいればお前達に絡む者はいないだろうから。我慢してくれ」

「嫌な感じもありますけど、熱い視線もありますね」

「ああ。これでも、前回の武闘会の勝者だからな」

とは言え、ミリアムが眉を顰《ひそ》める程にはぶしつけだ。そして、うっとりとした視線も混じっているのに気づいてティートが言うと、こちらも慣れているのか肩を竦めて答えた。

「そうなると……女神が優勝すれば、この熱視線が女神のものに⁉」

「おー」

「……お前達は、本当にあの店長が好きなんだな」

ティートの言葉にミリアムは無表情ながらも拍手をし、エリの腕っぷしを多少は認めているものの、武闘会参加には未だに否定的なガータはため息混じりで言った。そして、ティート達を気づかうように口を開く。

「だが……私が言うのも何だが、普通の女性が優勝するのは無理だと思うぞ？　レアンも、あとあなた達の仲間の剣士もいる。更に、今回の武闘会にはアルゴが出るんだ」

「……誰？」

「元々は有名な剣闘士だったが、この国の第三王子の目に留まり、今では食客《しょっかく》となっている。奴隷でこそないが、私のように身分や地位を手に入れたいのだろう……そんな強者《つわもの》に、か弱い女性が勝てるとはとても思えない。おかげで賭けにならないと、胴元がぼやいているくらいだ」

「賭け、ですか？」

「勝者が誰かを賭けるのだ。まあ、私はレアンに賭けたがな」

「……それは、外国人の僕でも参加出来ますか？」

「あ、ああ」

ミリアムの質問に、ガータが説明してくれる。

そこから出た賭けの話題に対して、ティートはガータに問いかけた。それにガータが頷くと、眼鏡のブリッジを上げて立ち上がる。

「解りました。それなら、僕は女神に賭けてきます」

「ん！　サムと、エリ様！」

「そ、そうか……って、待て待て。二人だけで動くな。今、人を呼ぶから少し待て。ほら、胴元の子分があっちにいるから」

躊躇なく、エリに賭けようとするティートに一瞬、ガータは気圧《けお》されたが――すぐに我に返り、観客に賭けへの参加を促している男を呼ぶ為、手を振るのだった。

ハイテンションにも程がある

恵理の試合は順番的には二番目で、三人の中では最初だった。

武闘会がどういうものかは解るが、映画などで見ていても実際に自分が人前で闘うイメージが持てない。そんな訳で、恵理は控え室を出て最初の試合を見学することにした。それに、サムエルとレアンもついてくる。

そして、控え室から闘技場の隅に出たところ――大音量の歓声に、恵理は思わず息を呑んだ。サムエルも眉を寄せ、レアンは犬耳を伏せている。

そんな恵理達の視線の先では、男二人が剣で斬り合っている。木剣ではなく、真剣だ。何でも、殺し『のみ』厳禁だが、攻撃として手足などを斬りつけるのはありらしい。まあ、怪我をしたくないのなら「降参」を宣言すれば良いらしいが。

「……ねぇ、レアン。大丈夫？」

恵理とサムエルは剣を使えるが、レアンは武器を持っていない。今更だが、大丈夫なのかと思ったら琥珀色の瞳が笑みの形に細められた。

「こういう時こそ、身体強化です。魔力が放出される訳ではないんで、見た目解りにくいんですけど……刃《は》を受け止めることは出来ます。まあ、連打されるとその限りではないですけど」

「へぇ、そうなのか！」

剣士であるサムエルが、感心したように言う。彼は魔力こそ持っているが、この世界の大抵の人がそうであるように、その流れを意識することは出来ない。結果、身体強化も使うことが出来ないのだ。

（今思うと、アレンが私に教えてくれた魔力の流れを感じる方法って……一般人より、魔法使い向けだったのよね。まあ、彼は身体強化も魔法も使えたチートキャラだったからだろうけど）

しかしうまくいったから良いが、今思うと異世界から来た子供に何を教えていたのか。いや、まあ、使えない人が大多数なので、出来なかったとしても少しだけ落ち込んだくらいだろうが。

かつての恩人の面影に、恵理はやれやれとため息をついた。そうしているうちに決着がつき、一方の剣が弾かれて宙に舞う。

「降参……降参だっ」

それでも攻撃をやめずに剣を振り上げた相手に、武器を持たない男が頭を庇うように手を上げながら慌てて叫ぶ。そうするとピタリ、と攻撃がやんだので「なるほどこれか」と恵理は思った。

「この腰抜けっ」

「一矢報いる気概はないのか⁉」

「……えっ？」

しかし、途端に観客からブーイングが上がったのに恵理は思わず声を上げた。いやいや、お互い拳ならまだしも、武器相手に素手は荷が重いと思う。

「高みの見物……にしても、悪趣味ですね」

「確かに」

「レアン、サム？　大丈夫だと思うけど、無茶はやめてね？　怪我しないで、元気にロッコに帰るわよ」

「「はい！」」

「じゃあ、行ってくるわ」

観客からの声で煽《あお》られて二人が妙にハイにならないか心配になったが、良い返事が来たので一安心する。

それから自分の番が来たので、恵理はサムエルとレアンに声をかけて一歩踏み出した。

なかなか派手なうっかりで

魔法を使う為には基本、詠唱が必要だ。魔法のイメージが明確であれば理論上、無詠唱も可能らしいがアレンですら最低限は呪文を口にしていた。

だが、闘っている最中に呪文を唱えたら『うっかり』にはならないと思う。

じゃあ、対戦相手のカリルはどうするのかと恵理が思っていたら——闘技場に出て、恵理と対峙したカリル。その手首に、先程は気づかなかったブレスレットがあったのに「ああ」と納得した。

（魔道具か）

魔石をあしらえば魔力の増幅、あるいは魔力の抑制が出来る。あのブレスレットをつけて闘えば、確かに呪文を唱えなくても簡単な魔法なら使えるだろう。

（まあ、私はただ全力で迎え撃つだけ）

アジュールでは帝国のような直剣《ちょっけん》ではなく、曲刀《きょくとう》が一般的らしい。一回戦の男達もカリルも、そしてあの強そうな男も腰に曲刀を佩いていた。刺突《しとつ》に適した直剣と、斬撃を重視した曲刀――かつて、アレンや『獅子の咆哮』の仲間から聞いたことを思い出す。

（でも、刃物相手なのは同じだし。言い出しっぺだから、怪我にだけは気をつけよう）

うん、と声に出さずに頷くと恵理は一礼した後、審判からの開始の声を合図にカリルへと突進した。

「うぉっ⁉」

間合いに入って剣で突くと、カリルは間抜けな声を上げながらも曲刀で受け止めた。なかなかやるな、と思って恵理が押し返される前に身を引くと、無様に前へとつんのめった。

前言撤回。どうやら先程、恵理の攻撃を防いだのはまぐれらしい。

とは言え、反撃してこないからと言ってこちらが止まる義理はない。恵理としては、それくらいの気持ちで攻撃を止めずに斬りかかったのだが。

「おいおい、情けねぇなぁ⁉」

「嬢ちゃんにやられっ放しじゃねぇか！」

女性。しかも実年齢より若く見えるせいか、大の男が防戦一方なのはブーイングの対象になるらしい。おかげでカリルからは控え室での余裕の笑みが消え、その眉は不快げに顰められていた。

「男を……俺を、舐めるなっ⁉」

「おい、魔法じゃねぇか⁉」

恵理の剣が撥ね除《の》けられた刹那、カリルから炎が噴き出して恵理へと襲い掛かった。それを見た観客がどよめくが、恵理は慌てず小声で唱えた。

「……流水《ウォーター》」

刹那、現れた水で己を包みつつ、魔法の炎にかけて消す。正当防衛、しかもこちらは直接の攻撃ではないので審判からの制止の声はかからない。

そして魔法での反撃が予想外だったのか、固まったカリルの隙を見逃さず恵理は曲刀を弾き飛ばして切っ先をその喉元に向けた。

「待てっ……降参！　降参だっ」

「勝者、エリ！」

「すげぇ！　魔法で反撃したぞ⁉」

「いいぞ、ねぇちゃんっ」

その場に跪《ひざまず》いて叫んだ相手に、恵理は攻撃をやめた。

それに、審判が勝負の結果を告げたところで——観客が、一気に沸き上がった。

思い込みと無知と

恵理の対戦が終わった途端、闘技場を揺らさんばかりの大歓声が起こった。

そんな中、ガータはギギ、と音がするような動きでティート達を見た。

「……何だ、彼女は?」

「女神です」

「エリ様」

「そうではなく……いや、お前達にはそうなんだろうが……」

ガータからの問いかけに、ティートとミリアムはそれぞれキッパリと答えた。それはその通りではあるが聞きたいことと違う為、言葉に詰まったガータにティートが続ける。

「……元冒険者で、剣や体術もですが魔法も使えます。だから『お守り』の話の時、自分は使わないと言ったのですよ。ああして、己の身を守れますから」

「そうなのか」

「女神に、賭けたくなりましたか?」

「……そうではない。それにああやって魔法に対抗出来るとは解ったが、剣の勝負となるとやはり女性には荷が重いと思うしな」

「同じ女性のあなたでも、そう思われるのですか？」

ティートの質問に、ガータが少し困ったように緑の瞳を泳がせる。そして赤褐色の猫耳を伏せると、ガータはボソリと呟いた。

「女である前に、私は獣人だ。いくら強くても人間の彼女とは違う……私が優勝したからと言って、彼女も勝てるとは思えない」

「……女神を、心配してくれているのですね。ありがとうございます」

「ああ、いや」

「ですが、女神のことをあなたの思い込みで判断しないで頂けますか？」

そう言ったティートに、ガータが軽く目を見張る。

それにふ、と眼鏡の奥の瞳を細めたかと思うと、ティートは話の先を続けた。

「……とは言え、あなたにはあなたの物差しがあるでしょう。だからこの武闘会で、あなたのその目で女神を見て下さいね」

「う、うむ」

「お願いします……あ、次はレアンさんですね」

「賭けなかったけど、応援はする」

言いたいことを言って話を締め括《くく》ったティートと、何と言うか自由なミリアムに——何か言うことは諦めて、ガータは促されるままにレアンの闘いへと目をやった。

※※※

先程、控え室でガータやエリをけなしたズルそうな方の男は背こそ高いが、細いというか体の厚みはない。

だから、格闘ではなく何か武器を使うのかと思っていたが——かぎ爪を、手につけていた。成程、あの手で殴られれば痛いどころではないだろう。

(猫背でだらけた雰囲気だけど、下半身はしっかりしてる)

そうレアンが思っていると、開始の声と共に男がレアンへと駆けてきた。それから長い腕を振るい、殴りかかってくる。

「っ!」

「流石、獣《けもの》はすばしっこいな」

いちいち馬鹿にしながら、また間髪容《い》れずに腕を振るう。かぎ爪もだが、拳も当たれば結構、ダメージがあると思われる。流石に、こういう大会に出るだけあって最低限は闘えるようだ。

しばらくは、相手の動きを知りたくて避けていたが——数回、そうやってやり過ごすと、レアンはおもむろに男の刃つきの拳を左腕で受け止めた。

「なっ⁉」

「獣は、すばしっこいだけじゃない」

身体強化を使っているので、受け止めた左腕は傷ついていない。

一方、受け止められた男の方は、獣人『ごとき』が身体強化を使えるとは思わなかったのだろう。

確かに使える者は少ないが、それでも魔法や身体強化を使って冒険者などになる者もいるのだが。

（そう言えば、アジュールはあまり魔物が出ないから、冒険者自体少ないって話だっけ）

知らないからこそ油断があったのだろうが、何はともあれこの好機を逃すつもりはない。

それ故、レアンは男が離れる前に空いた右手で男の頬を殴りつけ――吹っ飛んで、地面に転がったところで馬乗りになり、相手が動けない状態で再び男へ拳を振るった。

「これは、ガータ姉の分」

「これは、店長の分」

「これは、俺の……」

「こっ……降参！　降参だっ」

男にだけ聞こえるような声で言いながらレアンが殴っていると、男が悲鳴のような声で降参を告げた。

とりあえずガータとエリの分は殴れたので、レアンはピタリと拳を止めたのだった。

異国での商いと、直剣での刺突と

「流石だ、レアン」

「……なかなか」

「女神共々、一回戦突破ですね」

勝利したレアンに対して、ティート達は口々に言った。

席に着く前に、彼らも対戦表は見ている。確かこの後、次の次がサムエルの試合だ。

「日差しがきつくなってきたから、果実水でも飲もう」

そう言うと、ガータは売り子を探して手招きした。陽光や気温、あと対戦を見て声を上げるから喉が渇くので、子供達が飲み物や軽食を売っている。

「腹が空いているのなら、揚げ菓子もあるぞ。ルゲマートと言って小麦粉の生地を揚げ、果汁をかけてあるから甘い」

「……気に、なる」

「じゃあ、果実水を三つとそのルゲマートを一人分」

「まいどあり！」

ガータの説明に、ミリアムが無表情ながらも灰色の目を輝かせる。それにティートが頷いて言うと、売り子の少年がニッと笑って果実水が入っていると思われる皮袋を三つと、大きなレザン《葡萄》の葉に包まれた揚げ菓子を渡してきた。

　ガータが払おうとしたが、その前にティートが財布を出して支払った。早速、口に運んだミリアムが次の瞬間、美味しさに頬を染めて目を輝かせる。

「……売り子は、小遣い稼ぎの為ですか？」

「ああ。気になるか？」

「そうですね……商売として、面白そうだと思ったのですが。彼らの仕事を取ることになるのなら、別の商いを考えようかと」

「商い？　アジュールでか？」

「ええ。女神が優勝して、定期的に香辛料を買えるようになったら……ルベルや帝国の商品を売るのもですが、この武闘会を観に来ること自体を商いとするのも良いかと」

「それも、商いなのか？」

「ええ。僕の故郷はルベルですが、隣の国でこんな派手な催しが開かれているとは知りませんでした」

　物だけではなく、人の移動でもお金は動く。それはティートが、ロッコの街興しをして知ったことだ。

「……気が早い」

「そうですか？　四年は、あっという間ですよ？　ルベルや帝国から人を呼ぶのなら、馬車や宿泊施設も考えないとですし」

そもそもエリが優勝しないと思っているガータが言うのに、ティートは微笑みながら具体的な話をした。表情からどうしてそこまで、と思われていると解る。ティートとしてはどうしても何も、ただエリの勝利を確信しているだけなのだが。

「あ、サム」

そこで、ミリアムが闘技場へと登場した相棒の名前を呼んだ。

それにティート達も会話をやめ、サムエルの闘いへと目をやった。

※※※

「お前らよそ者にこれ以上、武闘会を荒らされてたまるか！」

向き合って、試合開始の声がした途端、そんな風に吠えられた。

控え室で見た、こちらを小馬鹿にするような表情は浮かんでいない。エリとレアンがあっさりと勝ったことで、今更ながらに焦ったのだろう。

「別に、荒らす気はねぇよ」

「うるさいっ」

「おっと」

サムエルが答えたら、怒鳴り返されて男が曲刀を構えて突っ込んできた。

エリのように、速さで攻撃を繰り出すのもありだが――サムエルは、まず力勝負とばかりに男の剣を剣で受けた。そして弾くのではなく、逆に自分から体を退《ひ》きつつ構えた剣で男を突こうと前へ踏み出す。

「ひぇっ⁉」

「お……でも、甘い」

「どわっ！」

咄嗟に掲げた曲刀で自分の剣の切っ先を受け止めた男に、サムエルは感心して声を上げる。

だが、防御でいっぱいいっぱいになったようなのでサムエルは男の脛《すね》を足で蹴って払った。それから、たまらずその場に倒れ込んだ男の顔の真横にもう一度、今度は両手で柄《つか》を握って垂直に大剣を振り下ろした。

頬すれすれにある刃に青ざめ、硬直した男の肩にサムエルは容赦なく足をかけて動きを封じる。

「あ、降参しないんだ。じゃあ」

「まっ、待て……降参！　降参だっ」

そしてのんびりとした口調でサムエルが三度、大剣をふりかざすと男は絶叫するように降参を告げたのだった。

異名とその意味

「流石、サム。容赦ない」

「見た目爽やかですけど、力技で相手の弱いところを的確に攻めますよね」

「……お前達のそれは、褒めているのか？」

「ん」

「はい」

「そうか……」

ミリアムの言葉にティートが頷いていると、ガータがそんなことを尋ねてきた。それに二人で頷くと、ガータはそれだけ言って果実水を飲んだ。

「でも、さっきの人も言ってましたけど今回、女神達が勝つことは他の参加者や観客にとっては面白くないのでしょうか？」

「まあ、アジュールの行事だからな……だが、参加者はともかく観客はそれ程気にしていないと思うぞ？　強者が出て、面白ければそれでいい」

「いっそ、清々しい」

「そうですね」

ガータの答えに、ミリアムとティートはそれぞれ頷いた。そんな二人に、それにとガータが言葉を続ける。

「アルゴがいるから、と言うのもあるな。いくら異国の新参者が活躍しても、あの『ファアル』がいるなら大丈夫。そう思っているだろう」

「異名持ちですか……どんな意味ですか？　そしてそんなに、そのアルゴと言う方は強いんですか？」

「エリ様達も、強い」

「『ファアル』とはアジュールの古語で、ネズミのことだ……強さについては、闘いを観たら解る」

そう言うと、ガータは緑の眼差しを闘技場へと向けた。

それに従って、ティート達も目をやると――腰に二振りの曲刀を佩いた、傷だらけの男が現れた。

※※※

アルゴの対戦相手は縦も横も倍以上、大きい男だった。

「ネズミ風情が、分不相応なモン手にしやがって……俺が、現実を思い知らせてやるよっ」

そう言って、開始の合図と共に曲刀を振り下ろしてくる男に、アルゴは構わず突っ込んだ。そうすることで、頬や腕が斬られて血が流れる。

「なっ⁉」

「今更、そんな反応をするな」

攻撃を避けずに相手の間合いに突進するこの闘い方は、アルゴの定番だ。その姿が、追い詰められ逃げ場を失ったネズミを思わせ――そんな彼が、猫に噛みつくように強者を倒すのでいつしか『ファアル』と呼ばれるようになったのである。

もっとも、頭で解っていてもこうして実際、攻撃を怖れずに血を流す姿を見ると目の前の男のように怯む者が多い。

（俺としては、勝率が上がるから望むところだ）

そう心の中だけで呟いて、アルゴは左手に持った曲刀で男の剣を弾き、右手に持った曲刀を相手の喉元に押し付けた。下手に動くと、刃で喉が斬れるくらいの近距離で。

（俺みたいな馬鹿じゃなければ、動けないだろうな）

「降参……降参だっ」

「いいぞ、アルゴ！」

思惑通り、絶叫するように降参を告げた相手に、アルゴが曲刀を下ろすと――良く通る、澄んだ声が耳に届いた。

きっかけと出会い、そして

剣闘士になる人間には、二種類いる。

一つは、異国から攫《さら》われてきた奴隷。あと一つは捨て子などが引き取られたり、志願したりしてなる場合だ。

アルゴは、後者である。母親は彼を産んだ後体調を崩して亡くなり、父親は酒浸りでアルゴを放置していた。だから、生きていく為に剣闘士になったのである。

剣闘士としての体作りの為だが、朝晩食べられて自分の寝床があると知った時は嬉しさに悶《もだ》えた。

そして、そんな風に手に入れたものを手放さない方法を考えた。

（簡単だ。強い剣闘士となって、生き延びればいいんだ）

そうすれば、剣闘士でいるうちは衣食住が保証される。

名案だと思って稽古に励んだが、予想外だったのはあまり身長が伸びなかったことだ。剣闘士になるような者は、異国の奴隷でなければ大抵は背が高くて体格も良い。一方、アルゴは腹が割れるくらいの筋肉はついたが、長身にはならなかった。残念だと思ったが、すぐに気持ちを切り替えて己の闘い方を模索した。

そこで見つけたのが、攻撃を避けずに相手に突進することである。

当然、怪我は絶えなかったが死ななければ御《おん》の字だ。そんな風に傷だらけ、血塗《まみ》れになりながらも勝ち残り、生き残る小柄なアルゴのことをいつしか観客は『ファアル』と呼んだ。

……追い詰められて逃げ場を失ったネズミは、逆に猫に噛みつく。そんなことわざのように、必死になって抵抗すればアルゴのように、強者に打ち勝つことが出来ると言われた。

そして、いつしかその異名と共にアルゴはかつて目指した『強い剣闘士』になったのだが。

「お前、強いな！　僕のものにならないか？」

そんなアルゴの前に、現れた少年。

いかにも金持ちそうなその子供は、綺麗な手をアルゴへと差し出して満面の笑みで言った。

……生き延びることで、いっぱいいっぱいだったが。

こんなキラキラした目で見られていたのかと、アルゴは何だかくすぐったい気持ちになった。

※※※

闘技場の観客席は、四層構造になっている。

一階は富裕層。二階は騎士階級の席で、三階は商人など裕福な平民の席。そして四階は、一般の平民の為の席だ。ちなみにティート達は、ガータと共に二階席で応援している。

闘技場に来る時、席の話になったところでエリが不思議そうに首を傾げていた。

「えっ？　席順、逆じゃないの？」

「ええ、女神。何かあった時、高いところにいたらなかなか逃げられませんから……富裕層から、避難が優先されるようにです」

「そっか、成程ねぇ」

聞いてみるとエリの感覚では、裕福な者ほど高いところから観戦するらしい。しかし歩いての移動なので上に行けば行く程、それこそ魔法でも使わないとすぐに脱出出来ないのだ。そうティートが説明すると、エリは納得して頷いた。

……話を戻すが、そんな一階にアジュールの王族達の座る貴賓席《きひん》がある。

陽射しを避けるよう天蓋が張られているその席には、闘っていたアルゴに身を乗り出すようにしながら声援を送る少年がいた。

「あの方は？」

その貴賓席は、ティート達の座っている席のちょうど反対側にあった。

天蓋の下にいるのもだが、十二、三歳くらいのその少年は髪も肌も綺麗で、着ている服も高級品と見て取れた。そんなティートの問いかけに、ガータが答える。

「第三王子のサイード様だ」

「小さ、い」

「お前に言われても……まあ、上の二人の王子達とは年が離れていることもあり、可愛がられている。今年、勝者への報酬の決定権を任されるくらいにな」

「それは……すごいですね」

ガータとミリアムのやり取りを聞きながら、大抵のことは叶えられると聞いているのでティートは感心して呟いた。そんなティートに、ガータも頷く。

「殿下は、強さに憧れを持っている。だから、アルゴの後援者になったのだが……同じように、支援してほしい者が今回の武闘会に参加している訳だ。観客としては、やる気がある者が多ければそれだけ面白くなるからな。結果、立ち見でも良いからと観覧希望者が殺到している」

そう言われて、ティートは四階の平民の席へと目をやった。

なるほど、確かに立ち見の者達がいる。そして名を呼ばれたアルゴに目を戻すと、男は王子へと頭を下げていた。

「女神の強さを、見せつけたい気もしますが……囲われてしまうと、それはそれで困りますね。まあ、女神をどうにか出来るとは思いませんけど。万が一のことがないように、僕も頑張らなければ」

「何か言ったか？」

「いえ。今日は、これで終わりですよね。女神達と合流して、戻りましょう」

「ん」

ティートの呟きに、ガータが尋ねてくる。とは言え、内容までは聞こえなかったらしい。

それににこり、と笑みを返してティートは言い、ミリアムも頷いて立ち上がった。

新たな任務が出来ました

ティート達と合流し、恵理達がガータの家に着いた頃、ロッコにやっていたミリアムの使いの鳥が戻ってきた。その足元には、ティートが結んだものとは別の紙が結わえられている。恵理達は、皆でその手紙を読んだ。

『良いわよぉ！　出来れば、その揉み療治が出来る人にロッコに来て貰いたいわね～』

他にも書かれているが、端的に言えばこうだ。そしてもし来て貰えるなら、往復の費用やロッコにいる間の食事や宿はルーベルが負担すると言う。

「……確かにね。素人がやると、揉み返しとかあって逆に具合悪くなるらしいし」

「怖、い」

恵理の言葉に、ミリアムが無表情ながらも眉を寄せ、言葉通りの気持ちを示した。そして異国人のガータも、納得したように頷く。

「私も、揉み療治の心地好さは解るからな……しかも、そこまで優遇してくれるとは。我が家の使用人に、声をかけてみよう」

「ありがとうございます。ギルドマスターもですが、僕も微力ながら移動など手伝わせて頂きます」

ティートはお礼を言って頭を下げた。それにうむ、と頷いてガータが玄関から入ると、一昨日のように使用人達が集まってきた。

「まずは風呂、それから食事だ……夕食には少し早いが、昼抜きだから良いだろう」

※※※

「改めて一回戦の勝利、おめでとうございます」

「おう、ありがとな」

「ありがとうございます」

蒸し風呂で汗を流しながら、ティートはサムエルとレアンを労った。それに対して、二人が笑って応える。

「ただ、師匠も心配してたけど……観客の圧、すげぇな。どんだけ血が見たいんだか」

「参加者は、怪我をしたくないから降参してくれますけどね……最後の試合を見る限り、ああやって血を流すのが当たり前なんでしょうね。店長の言う通り、呑まれないように気を付けます」

サムエルとレアンが気を引き締めていると、ティートが感激したように両手を組んだ。

「流石、女神……闘う前から、そのことを想定されていたとは」

「……闘技場を見て、何か呟いてましたから。店長のせ……故郷でも、似たような催しがあるのかもしれませんね」

レアンが当たらずとも遠からずな感想を口にする。実際はエリも本物を見たわけではなく、映画などの知識なのだが間違いではない。

「あ、そうだ。今日は髪を洗う時に、このリンスを使ってくれますか?」

「はい……あの、石鹸ではなくてですか?」

「石鹸で髪を洗った後、このリンスをつけてしばらくしてから流して下さい」

ティートが、エリから分けて貰ったリンスを男性の使用人に渡すと、不思議そうに首を傾げられた。

ロッコか帝都にしかないのだから、当然だろう。それに「お願いします」と、笑顔で促し――洗い終えたティート達の髪やレアンの尻尾が見事にツヤツヤになったのを見て、使用人からはひどく驚かれた。

それに笑みを深めながら、ティートは言った。

「これは、女神が発案した我が国のリンスというものです。効果は、見て頂けましたよね? まだあるので、よければ皆様も使ってみませんか?」

自分達男性陣だけでなく、エリ達にも使って貰うよう頼んだリンスは、ロッコの魅力をアピールし、この国の人々に来て貰う為の第一歩である。

気合いを入れようと思ったので

リン酢はティートに言われ、恵理達も使ったので彼女達の髪もサラサラツヤツヤになった。入浴の手助けをしてくれていた女性の使用人達の目は、釘付けになっていた。だから入浴後、恵理が分けてあげると目を輝かせて感謝された。

「よろしいんですか？　ありがとうございます」

「いえいえ……ロッコはリン酢だけじゃなく、温泉の成分も髪に良いんです。機会があれば、ぜひ」

「「まあ！」」

使用人達の主《あるじ》はガータなので、彼女を通さずにロッコに来るようには頼まない。けれど少しはティートの計画の援護射撃になれば良い。そう思い、恵理はにっこり使用人達に笑ってみせた。

※※※

そして、用意されていた食事は今日も美味しかった。

香辛料が、疲れた体に心地好く染み渡る。ありがたくご馳走になっていると、すごく馴染みのある味を感じて恵理は思わず目を見張った。

「カレー……」

「女神？」

それは、見た目はミートパイなどに近かった。けれど、揚げた生地に包まれた挽き肉やキャベツの具は、確かにカレー味だった。昨日も香辛料の効いたスープがあったので期待していたが、この味はまさにカレーだ。

ただあまりに焦がれたので、似た味でもカレー味だと感じているのかもしれない。だから確認する為に、恵理は料理を運んでいた女性の使用人に尋ねた。

「……あの、この料理の味付けに使っている香辛料はターメリックとクミン、あとコリアンダーとレッドチリペッパーですか？」

「えっ？」

「あ、故郷の言葉なので呼び方が違うかもですが……」

そう断ってから、恵理は香辛料のそれぞれの特徴を付け加えた。

今尋ねたのは、カレー粉を作る為の最低限の香辛料だ。母が、好みの味を作れるからとカレー粉のブレンドから手がけることもあった人で、恵理も手伝ったので何を入れるか知っていたのである。

「ええ、よく解りましたね」

「ありがとうございます……あの、ガータさん！　明日の夕食は、私も一品作らせて貰っていいですか？」

「何？」

「今日、参加者は半分に減ったから、明日は今日よりも早く終わりますよね？　それに」

そこで一旦、言葉を切って恵理は他の面々にも目をやった。

「……このまま勝ち上がれば、明後日は私とレアンが闘います。そして、同じく勝ち上がればどちらかがサムとも……誰が勝つにしろ、その前に気合いを入れたくて」

「店長……」

「……師匠」

「あと、私が作りたがっているものを皆に一足先に食べて貰えたらなって」

「女神！」

「ん、是非」

それから言葉を続けると、レアン達が感激したように声を上げる。そんな彼らを見て、ガータも一つ頷いた。

「いいだろう……厨房には、声をかけておく。調味料の他にも、用意するものがあったら言ってくれ」

「ありがとうございます！」

「……いや」

お礼を言ったところガータが微妙な表情をしたので多分、少なくとも恵理は明日負けると思っているのだろう。そしてそんな彼女を励まそうと、恵理の申し出を許可したのだと思われる。

まあ、確かにやってみないと解らない。

けれど恵理としてはロッコでもカレーを作るという目的の為、絶対に負けられないので――言葉にこそしないが、決意を示すのににっこりと笑った。

今日も闘い？　いえ、まずはカレーの日です

インドカレーやグリーンカレーも食べたことはあるが、恵理がイメージするカレーはやはり日本のカレーだ。そして日本のカレーはインド料理を元にイギリスで生まれ、海軍メニューに採用された時に船の揺れに対応するようとろみが強くなったものが伝わったという説がある。

更に小学生の時、調理実習でカレー粉と小麦粉を使ってカレーライスを作った。その後、母親に教えて貰いながら香辛料をブレンドしてカレー粉から用意し、父親に食べさせたりもした。

「昨日聞いた香辛料と小麦粉。あと、パタタ《じゃがいも》とオニョン《玉ねぎ》とカロート《にんじん》。肉は……豚肉で。鍋や包丁、あとお米は持っているので大丈夫です」

そんな訳で次の日の朝、食事をして闘技場に行く時に、恵理は使用人達に今夜のカレーの為の材

料を頼んだ。豚肉を選んだのは、疲労回復効果があるからである。闘いの後、そして明日もまた闘うのでここは豚肉と思ったのだ。

「かしこまりました。厨房では竈《かまど》と、料理出来る場所をご用意いたしますね」

「お願いします」

微笑みながら言われたのに、恵理はホッとした。作りたい気持ちがあっても、お客である恵理に厨房に入られたくないと断られる可能性もあったからである。

（よしっ！　今日も頑張って、今夜はカレーライスを作るわよ！）

それから心の中で気合いを入れ、こっそり拳を握って恵理はガータ達と共に邸宅を後にした。

※※※

「昨日は、魔法を使ってたけど……防御の為じゃなきゃ、禁止だからな！　今日こそ、負けるだろうよ」

「そうだな。多少は闘えるようだが、所詮《しょせん》は女だ」

昨日のように二階席に着いたら、近くでそう噂している者達がいた。

「女じゃ、なくて……エリ様、だもの」

流石に面と向かっては反論しないが、観客達の噂話にミリアムは唇を尖らせてボソリと呟いた。

そんなミリアムに、ティートは微笑みながら言う。

「大丈夫ですよ、ミリアムさん。昨日は魔法剣士相手だったから、魔法で返しましたけど……女神は元々『魔法には魔法を、剣には剣を、拳には拳を』でしょう？」

「ん」

「……何だ、それは？」

「言葉通りの意味ですよ」

そんな二人の、と言うかティートの言葉に、ガータが尋ねてくる。だからティートは、その問いかけに笑顔で答えた。

「女神は、魔法も剣も……あと、素手の格闘も出来ます。だから、相手が魔法を使うなら魔法で反撃しますし……剣や格闘も、同じですよ」

「……それは」

ガータが戸惑ったのも、無理はない。

魔法は万人が使える訳ではないし、人にはそれぞれに得意な闘い方がある。女性ということもあるがグイドと闘った時や昨日も剣を使っていたのでメインは剣だと思ったのだろう。

「ああ、ちょうど良いですね……今日の相手は、格闘タイプのようですから」

百聞は一見にしかず、とばかりにティートは言葉と視線で、恵理の闘いを見るように促した。

柔道？　いえ、勇者流格闘術です

恵理の前に立ち塞がったのは、アジュール人よりも黒い肌をしていて、髪はくせのある短髪。大柄で筋骨隆々《きんこつりゅうりゅう》の――日本で、格闘技の番組で見たような男だった。その肉体美を誇示する為か、上半身は裸で、下にはゆるやかな白いズボンを穿いている。

（アジュールでは、遠い国からも奴隷を連れてきているんだった）

武器はないので、その恵まれた体格やリーチで攻撃してくると思われる。

ならば、と恵理は抜いていた剣をおもむろに腰の鞘《さや》へと収めた。それから、戸惑った表情を見せてくる対戦相手に対して、腰を落として構えを取った。

「な、舐めるなぁ！」

異世界補正――なだけではなく、ティエーラは多少の方言はあるが基本、言語が統一されているので自国以外の人間、更には亜人でも基本、言葉は通じる。

そして開始の言葉は、相手からの怒鳴り声で遮られた。もっとも、すぐに握られた拳が振り下ろされたので恵理としては反撃するだけである。

「……しゃっ！」

「なぁっ⁉」

相手の拳を避けつつ、恵理はその腕の下に回り込んだ勢いを活かして、気合いと共に投げ飛ばした。

柔道のようだが、少し違う。これは、かつての伝説の勇者が伝えたという格闘術だ。だから恵理も『獅子の咆哮』で、この勇者流格闘術の使い手に習ったのである。

勇者は異世界から召喚されたそうなので、基本的には柔道だと思うが――恵理は投げ技の他に、ティエーラで覚えた蹴り技も使う。拳での殴り合いは体格や腕力的に不利なので、それ以外の自分に合った体術を覚えた結果、色々攻撃の手数が増えた。

「くっ……まだまだっ」

「遅い」

「ぐはっ！」

地面に転がった相手が、それでもすぐ立ち上がろうとする。もっとも、それをわざわざ待ってあげる恵理ではない。

すぐに男の顎を蹴り上げた。今度は仰向けで倒れた相手は受け身を取れず、後頭部を直撃したせいか目を閉じて起き上がってはこなかった。

前回同様、早々に終わった闘いに――しばしの沈黙の後、闘技場には割れんばかりの歓声が沸き起こったのである。

※※※

「……おい」

「何でしょう？」

「彼女は何故、料理人なんてやってるんだ？」

「………………」

「それは、女神の昔からの夢だからですね」

ガータの『なんて』という言葉に一瞬、けれど確かにミリアムが眉を寄せたが――ティートは、笑って彼女の問いかけに答えた。

「冒険者も、育ててくれた方への恩返しにと頑張っていましたし、だからこそあれだけ強くなりましたけど……昨日の夜、話したみたいに料理も好きなんです」

「料理の為に、あそこまで闘うとは……」

「ええ、でも」

そこで一旦、言葉を切ってティートは微笑んだまま続けた。

「僕としては、この武闘会は嬉しいです……今までの女神の頑張りが、こうして新メニューの種になりますからね」

「ん」

そんなティートの横で、ミリアムは我が意を得たりとばかりに大きく頷いたのだった。

躊躇と決断

話は、少し前——エリが闘っている最中に、戻る。

「うわぁ……店長、すごいなぁ」

レアンは、大柄な男を投げ飛ばしたエリに、感心したような声を上げた。

強いと解っているつもりだった。だがあれだけ闘えるのならもう、レアンが頑張らなくても良いのではないだろうか。

(今日の闘いに、勝ったら……店長と、闘うことになる)

闘う前から、傲慢《ごうまん》かもしれない。

ただ勝ち負け以前に、恩人であるエリと闘うことにレアンは引っかかっていた。もちろん万が一のことがあるし、あれだけエリが作りたいと言っている新メニューの為に闘うこと自体に抵抗はない。だから、昨日の闘いの時はこんな風には考えなかったのだが。

(……つまり、今日の闘いで負けたら)

エリと闘わなくて済む。

それは、とても魅力的な考えだった。けれど刹那、脳裏にガータの怒った顔が浮かぶ。

（ガータ姉にはよく、叱られたっけ）

獣人は差別を受け、搾取《さくしゅ》される。

だから里から出る出ないにかかわらず、獣人は子供の頃から自分の身を守れるよう訓練する。それはレアンも同様だったが、彼を鍛えてくれたガータからはよく怒られた。

「躊躇するな、レアン！」

「でも……」

「お前は強い！　だがその強さで誰かを守れても、肝心なところで身を引いたり迷ったりすると『お前』が危険な目にあうんだぞっ」

その言葉を痛感したのは、里を出て奴隷商人に捕まった時だった。

叱られこそしたが、レアンの強さはガータのお墨付きである。そんなレアンが奴隷商人に捕まったのは、エリに話したように空腹だったから『だけ』ではない。捕まる時、反撃して相手が傷つくことに躊躇してしまったのである。

（この闘いは、殺す訳じゃない。でも万が一、当たり所が悪くて店長に何かあったら……）

こんな気持ちでは、闘えない。それこそ、棄権した方が良いのではないか。そこまで、レアンが思いつめて犬耳を伏せた時である。

「……しんどいかもだけど、師匠に遠慮して棄権とか降参はやめとけよ？」

不意に、レアンの隣でエリの闘いを見ていたサムエルが声をかけてきた。心を読まれたのかと、驚いて顔を上げたレアンにサムエルが肩を竦める。

「『獅子の咆哮』でも、たまにいたんだよ……でも、そんなことしたらもう二度と、師匠に頼られなくなるぞ」

「っ⁉」

「元リーダーとは……色々あったのもあって、最後は鉄拳制裁で向き合ってたけど。他の奴らはその前に『庇護対象』になった。ただ優しく教えて、接するだけ……師匠に、悪気はないと思う。でも、そうやって見限られるってか……壁作られるの、嫌だろ？」

「……はい」

「逆に、精一杯向き合えば結果はともあれ、師匠はちゃんと認めてくれる……鏡みたいな人なんだよ、師匠は」

そう言って、サムエルはまたエリの闘いに目をやった。つられてレアンもエリを見ると、蹴られたらしい男が派手に倒れて動けなくなった。

……何と言うか、あれこれ考えても仕方ないというか、色々と吹っ切れた。

「……胸を借りるつもりで、頑張ります」

「おお、頑張れ」

「ありがとうございます」

サムエルにお礼を言うと、レアンは闘う為に闘技場へと足を踏み出した。

今回の相手は剣士だったが、振り下ろされた剣を身体強化した左腕で振り払い、相手が素手になったところで右頬に思い切り拳を打ち込んで吹っ飛ばしたのだった。

ミリアムの主張と、ガータの葛藤

エリとレアンの後、サムエルの番が来たので、ミリアムが僅《わず》かに、けれど確かに身を乗り出す。

「……あれ、何?」

出てきたのはアジュール人だったが、手にしている武器はミリアムが初めて見るものだった。

草を刈る鎌は、アスファル帝国にもある。

だがそんな鎌二つを、長い鎖が繋いでいる。昨日の闘いでは、長い槍を使っていたようだが——

あの武器は一体、何なのだろうか?

「確か、ニゲルの武器だ。武闘会には結構、剣闘士が参加する。そして剣闘士は、他国のものも含めて色んな武器を手にするから、ああして珍しい武器を使う者も出る」

「あなた、も?」

「いや。私はあれこれ考えながら、武器を使うのが苦手でな……普通に剣で、闘った」

そう言うと、ガータは気まずそうに頭を掻いた。

見た目は美人だが、彼女は本人も言う通り脳筋タイプなのだ。時折、言動に引っかかるがガータは単に、思ったことをそのまま言ってしまうのだろう。

（エリ様に対しては、腹も立つけど……お風呂とかご飯、お世話になったし）

帝国貴族のように、裏表がある人間よりはよっぽど良い。そう結論付け、ミリアムは口を開いた。

「サムも、そう……まあ、本人なりには頑張ってる、みたい」

そしてそれだけ言うと、ミリアムはサムエルの闘いを見守ることにした。

※※※

見たことのない武器は、どう使うのかと思っていたら——開始の声と共に、男が一方の鎌を鎖で振り回し、その遠心力でサムエルへと投げつけてきた。

「おっと」

避けるとすぐに鎖を引き寄せ、またサムエルの手や足を狙って投げつけてくる。

これだとなかなか、相手との間合いを詰められない。しかもあの鎌付きの鎖に絡まったら、引っ張られてもう一方の鎌を突きつけられると思う。

（……いや、そうでもねぇか？）

そこまで考えて、サムエルはふとあることに気づいた。

そして、即実行しようと――飛んできた鎖にわざと左腕を絡め、喜色《きしょく》を浮かべた相手を逆に思い切り引っ張った。

「なっ……うわっ⁉」

予想外の展開に驚いている相手の首に、すかさず鎌と鎖が巻き付いたままの左腕を回す。それからサムエルは、右手に持っていた剣の刃を拘束した相手の顔近くにかざして言った。

「力任せは、十八番《おはこ》なんだ……で、降参するか？」

※※※

「サムは、頭が良い訳じゃないけど勘は働く……だから、勝つ。そして、そんなサムが認めてるのが、エリ様……それでも、不安？」

闘いが終わり、サムエルの勝利を見届けたミリアムはガータに尋ねた。相棒の勝利により無表情ながらも頬を赤く上気させ、灰色の目を輝かせている。

「……いくら強くても、彼女は人間の女性だ」

けれど、困ったように眉を八の字にして――ガータはそれだけ言うと、ミリアムから視線を逸らした。

彼が武闘会に出た理由

武闘会に剣闘士が出るのは、金や名誉を求める目的もあるが――剣闘士としての旬が過ぎ、再就職先を求めて出場する場合もある。

ちなみに、前回優勝者のガータも年こそ若かったが獣人の女性だったので、成人を過ぎて娼館などに売られる前に参加させられたのだと聞いている。もっとも、優勝するくらい闘えたので奴隷の身分から解放され、軍人として地位を与えられたが。

とは言え、アルゴは別に旬が過ぎた剣闘士ではない。その気になれば、あと数年は闘えるだろう。

しかし去年、剣闘士の闘いを見に来たサイードに気に入られて食客となった。けれど、王宮の一室を与えられて衣食住を世話になってはいるが、特に役職などを与えられた訳ではない。剣闘士も続けているので、アルゴの中では後援者というイメージが近い。

……いや、サイードは地位や屋敷も与えようとしたのだが、アルゴが断ったのだ。

「闘う報酬に、飯や寝床が貰える……ます。それで俺は、十分だ……です」

闘いの後、アルゴはサイードから夕食へと招かれた。

元々、風呂はもてなしの一種だが平民の剣闘士ということもあり、念入りに磨かれたし服も新しいものを貰った。

それから、たくさんの料理と酒を振る舞われ――もう、十分だと思ったのである。

「無理に、敬語は使わなくて良いぞ」

「そんな訳にはいかない……ます？」

「喋りにくいだろう？　ああ、それならお前が普段通り話せる権利をやろう。それで、どうだ？」

「……助かる」

「あと、僕も毎回観に行ける訳ではない。だから、王宮《ここ》でその日の闘いや今までの剣闘士としての話をしてくれ。そうしたらまたご馳走するし、何ならここで寝泊まりすると良い」

それくらいなら。あと口調を気にしなくて良いのならいくらでも。

そう思い、アルゴがお礼を言って頭を下げるとサイードは丸い頬を緩めて嬉しそうに笑った。その笑顔を見て、アルゴは密かに決めたのである。

……次回の、武闘会には自分も出ようと。

そこで優勝し、少しはサイードからの恩に報いようと。

（とは、言っても……優勝出来るかも、解らなくなってきたな）

今日、勝ち残った三人は全て異国からの参加者だ。しかも一人は、ガータと同じ獣人である。皆、なかなかに手強《てごわ》そうだ。

（……特に、あの女）

昨日、魔法を使ったのには驚いたが、単純に腕っぷしも強い。彼女と闘うには、まず今日と明日の相手に勝たなくてはならないが。

（ちょっと……面白そう、だな）

そんな楽しみが出来たせいかもしれないが、アルゴの番が来ると、あっという間に勝負がついた。

ほとんど、傷を負うこともないほどだった。

昨日のように、サイードは歓声を送ってくれたが——剣闘士として、多少は魅せ方なども考えようとアルゴはこっそり反省した。

体が、作り方を覚えていました

今日の最終試合であるアルゴの試合が終わったのは、まだ日が高い頃だった。

昨日と同様に、ガータの家に戻ると恵理はまず風呂に入った。それから、夕食の支度をしている料理人から材料を貰い、竈を借りていよいよカレーを作ることにした。

ちなみに、ティート達には完成品を食べてほしいので厨房にいるのは恵理だけである。もっとも、気になるのか他の料理人や、料理を運ぶ使用人がチラチラと恵理を見ているが。

（香辛料を使うところまでは、同じだろうけど）

そう思いながら、まずは香辛料をフライパンに入れて混ぜる。

魔石を使うタイプの竈ではないので、火力の微調整は出来ない。ただ、竈を一つ借りられただけでもありがたいので、焦げないよう気をつけながら香りがたつまで炒めた。本来なら、一ヶ月くらい寝かせるのだが――今回は、粗熱を取るだけ取ったらすぐ使うことにした。それでも十分に美味しく出来るので、今回はこの工程で良いことにしよう。

そんな訳で、炒めた香辛料の粗熱を取っている間に豚肉と野菜を切っていく。

まずは肉を食べやすい大きさに切り、塩と胡椒で下味をつけた。アスファル帝国だと胡椒も高くてなかなか買えないが、アジュール内では香辛料同様に普段使いされている。

それから玉ねぎを繊維に沿って薄切り。じゃがいもとにんじんは、肉同様に食べやすい大きさに切った。具は大きめで、ゴロゴロと入っているのが恵理の好みだ。それから、アイテムボックスから味つけに使っているおろしにんにくとおろししょうがを取り出す。

(今回、材料費を受け取って貰えなかったから、あんまり余分には作れないけど……今日、うまくいったら香辛料多めに買って、グルナにも分けようかしら)

用意して貰った香辛料は最低限、カレーを構成する組み合わせだだが、他の香辛料を足すことで、また違った味わいが楽しめることを恵理は母から教えてもらっていたので知っている。

(お母さんみたいに、グルナもご機嫌で調合しそうね)

そう思い、知らず頬を緩めながら恵理は別の鍋をアイテムボックスから取り出した。

油を入れて、まずは玉ねぎをあめ色になるまでよく炒める。

それからおろしにんにくとおろししょうがを入れ、次に豚肉とにんじん、じゃがいもを加えて炒める。そして恵理は、鍋に水とコンソメを入れて灰汁《あく》を取りながら煮ていった。

（いよいよ……いよいよ、ここにカレー粉を！）

逸《はや》る気持ちを、恵理は必死に抑えた。このままでは、焦って焦がしてしまいそうだ。

一旦、鍋をよけてから洗ったフライパンにバターを熱し、小麦粉を入れて焦がさないように注意しながら炒める。薄茶色に色づいたところで、火を止めて炒めた香辛料を加えて混ぜる。

それから、肉と野菜を煮た鍋にフライパンの中身を少しずつ入れて溶かし、味見をした。

……このカレーを調理実習の後、母親に頼んで家でも作った。父親が喜んでくれたのが嬉しくて、母親にカレー粉から作る方法を教わるのも楽しかった。その度に、こうして味見をして恵理の家の食卓に出した。

かつて日本で、そして家で食べたカレーの味に、目頭を熱くしつつ――恵理はタイ米を炊き、最後にカレーを一煮立ちさせた。

器にタイ米を盛り、その上からカレーをかけて完成である。

異世界初の日本風カレー

無事、カレーライスが作れたことに恵理はたまらず拳を握った。

（やった……！　これなら香辛料があれば、ロッコでもカレーが作れることが証明されたわっ）

嬉しくて、思わず恵理の頬は緩んだ。これで、明日の闘いにも気合いが入ると言うものだ。

（絶対、武闘会で優勝して、香辛料、いつでも買いつけられるようにしてやるわ）

そうしたら、店でカレーが出せる。まあ、価格を考えると最初は貴族用や、数量限定での販売だろうが。

とは言え、恵理の店はどんぶり店であり、そうなるとカレー丼を作ることになる。細かい話になるが、カレーライスとカレー丼は微妙に違うのだ。

（カレーに出汁を入れて、あと片栗粉でとろみをつけるのよね……でも！　出汁は魚醤で、片栗粉はコーンスターチで代用出来るってグルナが言ってたし！　まずは、カレーがないと始まらないから！）

コーンスターチとは、とうもろこしから作られたでんぷん粉である。ティエーラでは主にカスタードクリームなど、お菓子作りに使われているらしい。もっとも、そもそものカレーがないと次なるステージ（カレー丼）に進めない。

……その為には、出来上がったカレーをティート達に受け入れて貰う必要がある。

「お持ちしますね」

「お願いします」

女性の使用人が言ってくれたのに、恵理はそう答えて頭を下げた。

※※※

アジュール国に来てからは、初めて食べる料理が多かった。

一番の違いは、やはり香辛料を使った料理であることだとティートは思う。香りで食欲をそそり、辛みが舌を刺激して食べ続けてしまう。

（元々、女神の料理は何度でも食べたくなりますけど……そこに、香辛料という魅惑の粉が加わったら）

楽しみだが、少しだけ怖い気もする。己の分《ぶ》を弁《わきま》えず、カツ丼のようについねだってしまうかもしれない。

（結果としては、街の集客と店のメニューの向上に繋がっていますが……少し、自重しなければ）

そう、反省したティートだったが――エリが作り、使用人が運んできた『カレーライス』を口にした瞬間、その決意は吹き飛んでしまった。

まず、香りで惹きつけられる。

そして口に運んだ瞬間、辛みが舌を刺激する――ここまではアジュール料理と同じだが、とろみのある茶色いソースが米《リーゾ》に絡むともう駄目だった。絶妙に調和し、ゴロゴロと大きい豚肉や野菜もあって食べ応え十分。スプーンが止まらず、見る間に無くなっていく。

満足しつつも、また食べたい。それこそ毎日でも食べられると、ティートは目を輝かせながら思った。

そう思っているのは、他の面々も同じらしい。

特に、香辛料料理には慣れているガータが、無言で一心にカレーライスを頬張っていたのが印象的だった。

言葉で駄目なら、行動で

ティートとレアン、サムエルとミリアムは、一口食べた途端に黙々とカレーライスを食べ進める。

——皿を綺麗に空にすると、満足げに息を吐いた。それから目を輝かせて、口々に感想を伝えてくる。

「美味しいです、女神」

「……すごいです、店長！」

「師匠、うまいですよ、これ⁉　具もゴロゴロ入ってて、最高！」

「……辛い、けど、美味し」

「ありがとう……良かった」

恵理は転移する前から馴染みがあるのでカレーライスが好きだが、まず香辛料満載の料理はアスファル帝国やルベル公国では食べられていない。今日までの反応を見る限りは大丈夫そうだったが、やはり実際に食べて貰わないと不安はあったので安心した。

「……これだけで、いいじゃないか」

そんな恵理に、同様にカレーライスを食べきったガータが、俯《うつむ》きながらボソリと呟く。

「これだけ、ですか？」

「ああ。これだけ、美味いものが作れるなら……何も、自分で闘わなくても。人は、簡単に死んでしまうんだぞ？」

「えっ……」

下を向いたまま続けるガータの口にした死という単語に、恵理は戸惑って声を上げ、他の面々も目を見張った。

……心配、されているとは思っていた。

けれど、今の言葉からすると。

「確かに、人は簡単に死にますね」

「女神⁉」

恵理が頷いたのに、ティートが声を上げる。しかし恵理は、そんな彼を目線で制して次の言葉を考えた。

ティエーラに転移した時、恵理が乗っていた車は突っ込んできた対向車を避けようとして、事故にあった。幸か不幸か、恵理はこうして異世界で生きているが――あのままなら良くて大怪我、悪ければ死んでいただろう。

日本でもそうだが、ティエーラではもっと切実だ。大型の獣や魔物が横行している上、最低限の人権の保障もない。アジュールのような異国だと当たり前のように奴隷制度があり、そうでない国でも身分の差は歴然としている。富裕層からすると、平民以下の命は軽い。

「だけど……いえ、だからこそやれることは何でもやります。美味しいものを作りますし、その材料を得る為なら闘います」

「……だが」

「『私』は、そう簡単には死にません……そのことを、この武闘会で示します」

だがそれだけではなく、ガータは知っている人間を亡くしているのではないかと恵理は思った。

だとしたら、心配してくる気持ちは解る。

しかし、一方で自分は違うと言いたいし――言葉だけで伝わらないのなら、武闘会に出る為にグイドと闘った時のように行動で示すしかないと思ったのである。

そんな恵理にガータは顔を上げて、しばしジッと見つめてきた。

「……嘘をついたら、承知しない」

「はい」

それからまた目を伏せ、顔を背けながら言ったガータに恵理はふ、と頬を緩めて答えた。

※※※

「『私』は、そう簡単には死にません……そのことを、この武闘会で示します」

そうエリに言われた瞬間、浮かんだのは一人の少女の面影だった。

ガータ達剣闘士に食事を作ってくれたり、部屋の掃除をしてくれていた下働きの少女だった。けれど彼女は、風邪をこじらせてあっけなく死んでしまった。

年は十代前半で、長い髪は栗色だった。そばかすがあり痩せていて、エリとはまるで似ていない。

……ただ、少女は獣人のガータにも、偏見なく接してくれた。そこだけは、エリに似ていたのである。

(言葉だけでは、信じられないが)

それでも一度、エリには闘えることを証明されているので――期待してはいけないと思いつつ、今回も証明してほしいとガータは願った。

王子と剣闘士

闘技場で闘った次の日の朝。アルゴはいつものように目を覚ました後、軽く柔軟や素振りをしてから朝食を口にした。

アルゴは王宮に自分の部屋を持つが、食事などはサイードと別である。

けれど、王宮という同じ屋根の下にいる為、王子がアルゴのもとへ来ることはあり――今朝もサイードは、食事を終えたアルゴの部屋へとやって来た。

「アルゴ！　優勝したら、何が欲しいっ？」

「……気が早い」

「まあ、確かに他の参加者も強そうだし……僕は、贔屓《ひいき》などしないからな！　出来る限り、叶えるが……そもそも、お前は普段から何もねだらないではないか。そんなだと、優勝した時に困るのはアルゴだぞ？」

そう言って指を差してくるサイードは、何と言うか子供なのに偉そうだ。いや、実際に偉いのだが。

（王子だもんな）

サイードは長袖で前開きのガウンを着て、その上から華やかな刺繍を施した上着を着ている。その格好だけで、少年が富裕層だというのは見て取れた。

アジュールの男性服は、貧富の差が露出度で表れる。露出が少なく、肌を覆っているほど豊かな証拠だ。『男性服』と断ったのは、女性の場合は美しさを表現する為、あえて露出度の高い衣装を着る場合もあるからだ。

しかし、仮に平民の服を着ても――少し癖のある髪や肌などがそもそも綺麗なので、お忍びの変装にしか見えないだろうが。

（でも、そうか。丸投げはマズいか）

勝負はやってみないと解らないが、確かに何をねだるかくらいは考えておいた方が良いだろう。

そう思い、しばし考えて――ふと思いついた言葉を、アルゴは口にした。

「……うまくて、珍しい飯が食いたい」

「えっ？」

「王宮の飯はもちろんうまいし、高級品だと解っているが……異国の料理とかも、食べてみたい」

元々、アルゴは食べることが好きだ。更に今日、そして明日闘うのが異国人だからか、そんなことを思いついた。そして口に出してみて、我ながら名案だとアルゴは悦《えつ》に入《い》った。

「わかった！　美味しい、異国料理だな？」

「ああ」

「約束する！　勝っても、負け……いや！　とにかく、武闘会が終わったらアルゴにご馳走しよう！」

アルゴからの要求がよほど嬉しかったのか、サイードは快諾した。とは言え「負けても」というのは縁起が悪いと思ったのだろう。咄嗟に言葉を変え、笑って言い切った。

（子供なのに、気遣いが出来て偉いな）

頭を撫でたくなるが、身分などを考えると流石にまずいだろう。

それ故、アルゴは心の中だけで目の前の少年を褒め、ご馳走を活力として今日の闘いも頑張ることにしたのである。

色んな力

カレーライスを食べた後、ティートはエリにレシピを書いて貰った。それを部屋で眺めながら、ティートはポツリと呟いた。

「香辛料は必須ですが……それ以外の食材は商会とロッコで十分、手に入りますね」

「その香辛料が、大変なんだろう？　でも、優勝して手に入るようになったら……さっきのうまいのが、また食べられるんだよなぁ」

米《リーゾ》はルベルで手に入るし、小麦粉や具となる野菜はアスファル帝国にもある。だが確かにサムエルの言う通り、香辛料を定期的に手に入れることが困難なのだ。

「店長もですけど……俺達も、頑張りますね。だから、どうかティートさんの力を貸して下さい」

「……僕の？　僕には、闘う力は」

「商人としての力です。欲しい物がそこにあっても、お金や運ぶ為の乗り物やアイテムボックスがないとそもそも買えません。だから……手に入りやすくなるよう頑張りますから、ティートさんも一緒に頑張りましょう！」

「……だな！　俺らも、出来ることはするからさ……カツ丼の次はカレーライス、頑張ろうぜ！」

犬耳をピンっと立て、両手を拳にしてレアンが言うと、サムエルも、気合いを示すようにグッと親指を立てて宣言した。

……他国で、屈強な男達を叩きのめすような強者《つわもの》なのに。彼らは闘えないことを馬鹿にはせず、逆に商人としてのティートを高く評価してくれている。

そんな二人に、眼鏡の奥の瞳を細めて——笑って、ティートは頷いた。

「はい、頑張ります」

※※※

元々、カレーを作ったのは今日と明日の闘いに対して、モチベーションを上げる為だったが——昨日、恵理はガータと話して更に気合いが入った。

（簡単に死ぬ……否定はしないけど、こっちも異世界で歯食いしばって生きてきたのよね）

ミリアムが起きる前、朝の光の中で拳を握った恵理だったがそこでつ、と眉を寄せる。

（その証明の為に、レアンとの闘いを利用……するつもりはないけど、結果的にそうなっちゃった）

頭を抱えて、ため息をつく。大人になっても、やっていることはむしろ子供だ。昨日、反射的に言い返した後にそのことに気づいて猛省し、こっそり呼び出して謝るとレアンに言われたのだ。

「……俺が遠慮したらガータ姉は余計、意地になるでしょうから。お互い、精一杯に頑張りましょうね」

「レアン……」

「ただし！　店長の対応は、ガータ姉には適切だったと思いますけど……今度、同じことがあったらもう少し穏やかに証明しましょう？　喧嘩じゃないにしろ、俺達がやるのって殴り合いですから」

「う……はい」

レアンの言い分は、正しかった。恵理より一回り以上若く、それこそ半分くらいの年齢なのに、文句の付け所が全くなかった。

そんな彼に小首を傾げるようにして見上げられ、たしなめるような笑顔を向けられたのに――恵理は反論出来ず、体を縮めながら返事をしたのだった。

（腕っぷしだけじゃなく、レアンは強いわよね……うん、私も頑張ろう）

そして抱えていた頭を上げ、そう結論付けると恵理は寝台を下りて、ミリアムを起こさないように気をつけながら柔軟を始めた。

店長vs従業員

剣と拳だけでなく、闘い方にも色々あるので、アジュールの武闘会は異種格闘技戦だと恵理は思う。テレビ中継すれば盛り上がりそうだが、あいにくティエーラにはテレビ局と言うか、そもそも映像技術がない。

（全くない訳ではないんだけどね……勇者が発案した技術で皇族や王族が、各地に映像と音声を届けることは出来るらしいけど……膨大な魔力を使うから、テレビみたいな普段使いは無理なのよね）

それ故、ティートが考えたのはルベル公国やアスファル帝国から、アジュールに直接武闘会を観に来てもらうことらしい。話を聞いた時は「え、それって観戦ツアーじゃない！」と驚きつつも感心したが。

（日本でもオリンピックとかワールドカップで、外国行ってたものね……でも異世界で、そういう発想が出来るのって本当、すごいわ）

国を出て他国に行くのは、職を求めてか商いの為だ。

けれどティートは、国内ではあるが帝都からロッコに温泉や食事、それから買い物の為に人が訪れているのを見て思いついたのだろう。移動手段と宿泊地の問題はあるが、逆に言えばそこさえクリアすれば次か、その次の武闘会の時に実現しそうな気がする。

（観客としてもだけど、私達みたいに参加者としても来るようになるかもね）

そう結論付けたところで、闘技場へ出るように声がかかる。そして控え室を出ようとすると、一緒に席を立ったレアンから声をかけられた。

「店長、今日はよろしくお願いします」

「……こちらこそ」

レアンの言葉に応えつつ、恵理は再び考える。

異種格闘技と言えば、レアンともそうだ。剣は使わずに闘うが、レアンはメインがパンチなのでボクサータイプ。そして恵理は、投げ技や蹴りを使うので――当てはめるとしたら、柔道と空手だろうか？

（レアンとだと、投げ技はあんまり使えないかしらね。投げ技の場合、まず相手の懐に入らなくちゃいけないから、先にレアンのパンチがきちゃう……となると、蹴りか）

しかし今までの闘いを見ていると、身体強化で相手の攻撃を受けて動きを止めてから、拳を振るっている。そう考えると、ただ蹴るだけでは同じ展開になりそうだ。

（……それなら）

心の中で一つ頷くと、恵理はレアンと共に闘技場へと足を踏み出した。それから互いに一礼し、開始の声を合図にレアンへと突進した。

跳躍し、その勢いに乗って右脚で蹴りを放つ。

「うわっ⁉」

そして予想通り、身体強化された腕でしっかり阻《はば》まれたところで、恵理は動きを止めなかった。

逆に全体重をかけながら己の体を一回転させ、その動きで僅かだが体勢を崩したレアンに再度、蹴りかかった。

「……まだまだっ」

「っ⁉」

だが、声を上げながらレアンが再び、強化した片腕で恵理の蹴りを受け止めたのに――驚きつつも、恵理はその腕を蹴ることで後方に跳び、距離を取って着地した。そして、ニッと唇の端を上げてレアンに言った。

「そうね、私もまだまだだよ」

男女雇用機会均等法は、異世界にはまだない

女冒険者と言うと、舐められてか心配されてかはともかく、訓練では手加減して相手をされることが多い。

恵理としては、実戦ではそんな甘ったるいことを言っていたらやられるだけなので、しゃんとし

ろと思うが――それを、口に出して教えることはしない。いや、最初はいちいち言っていたのだが、きりがなかったので口で言うのはやめて、叩きのめすことで甘い態度を取るなと伝えてきた。

（レアンも、少しは遠慮するかなって思ったけど……杞憂《きゆう》だったみたいね）

恵理の蹴りを受けることは出来るが、それだと今までのように防戦一方になると思ったのだろう。恵理が挑発するように返した刹那、今度はレアンが突進してきて拳をくり出してきた。風を切る音から考えると、確実に拳にも強化をかけている。

「……っと！」

思わず声を上げつつ、避けた恵理はレアンとは違い、身体強化は使えない。レアンやグルナ、あるいは恵理やミリアムのように身体強化と魔法のどちらかだけ使えて、もう一方は使えない者がほとんどなのだ。

（ない物ねだりしても、仕方ないし……有言実行しないと、カッコ悪いからね）

まだまだ、と言ったのだから、予想外のことをして相手の度肝を抜かなければ。

自分を奮い立たせるように、心の中だけで呟くと――恵理は、次の攻撃について考えた。

単なる蹴りだと、今までのようにレアンに受け止められてしまうだろう。

しかし、踵《かかと》落としのような高い蹴りだと、振り下ろすことで勢いと体重がかかり威力が上がると思うが、その分、片脚でいる時間が長い。だから、その隙にレアンに殴られそうな気がする。

「よっ！」

「うわっ⁉」

それ故、恵理は第三の方法として地面を蹴ると、レアンの肩に手を置き側転のようにして彼の頭上を飛び越えた。大技に見えたのかレアンが、そして闘技場全体が驚いて声を上げるが、恵理としては体育の授業での跳び箱や、マット運動くらいのイメージである。

それから、レアンの背後に降り立つと——体勢を崩しながらも振り返ったレアンの腹に、恵理はミドルキックを放った。

「っは……！」

……不意打ちに成功したらしく、強化していないお腹に蹴りは綺麗に決まり、レアンは声を上げつつ吹っ飛んで、背中から倒れて闘技場で仰向けになった。

そんな彼にとどめを刺すように、ではなく。万が一でも反撃されるのを防ぐ為、恵理は足を振り上げるとその喉元すれすれに下ろして止めた。

「……降参、します」

大声を張り上げた訳ではない。ただ、恵理が躊躇なく蹴り飛ばしたことで静まり返った闘技場に、レアンの声はよく通った。

そして、しばしの沈黙の後——闘技場を揺らさんばかりの歓声が上がったのに、恵理はレアンから足を離し、代わりに身を屈めて手を差し出した。

「精一杯、相手してくれてありがとう」

「……こちらこそ。明日、頑張って下さい」

「ええ」

笑顔でそう言った恵理に、レアンも笑みで応えると――恵理の手を取り、その身を起こして立ち上がった。

心配と安心と

エリとレアンの試合が終わった後、ガータはぽつりと呟いた。

「ええ、女神が勝ちましたね」

「……レアンが、負けた」

同じことではあるがわざわざ言い直す辺り、隣に座る眼鏡の青年はなかなか性格が悪いと思う。

……とは言え、ガータの今までの態度も褒められたものではなかった。

そう考えるとむしろ、変に隠さずに口に出してくれた方が、ガータとしても助かる。本音を隠して取り繕われると、自他共に認める単純なガータは簡単に誤魔化されてしまうからだ。

（だから、と副官には目端《めはし》が利く者をつけて貰えたが）

そこまで考えて、ガータは気持ちを切り替えるように息をついた。

負けたのは残念だが、レアンの悪癖が出なかったことは喜ばしい。周囲を守る時は問題ないが、自分自身に対してはその意識が働かず、相手に遠慮して負けたり怪我をしてしまうことがあったのだ。

それ故、エリとの闘いも心配していたのだが――精一杯闘い、それでもエリに負けた。そのことは、幼なじみであるガータにとっては複雑ではあるが、同時に安心も出来た。

そんな彼女の反対隣ではミリアムが次の試合に向けて祈るように手を組んでいる。冒険者の相棒の闘いであるからだろうが、相手があのアルゴというのも原因だろう。

「心配するな」

「……でも、サムが切り刻まれたら」

「大丈夫だ。アルゴ『は』流血が代名詞だが、アルゴ『が』相手を必要以上に斬りつけることはない。今までも、そうだっただろう?」

そう、その戦闘スタイル――と言うか、血の流れ具合から誤解されやすいが、アルゴには闘う相手も派手に血を流すイメージがある。それ故、強さや知名度だけではなくアルゴの対戦相手を探すのは大変で、最近では成り上がりを目指す剣闘士、あるいは虎などの獣になっていると聞いたことがある。

けれど、実際は違うのだ。そりゃあ、真剣を使っているので多少の怪我はあるが、それこそアルゴがわざと血を流させることはない。現に昨日までの対戦相手も、ほぼ無傷である。

「…………あ」

ガータの言葉で、そのことに思い至ったのか――ミリアムは灰色の目を見張り、小さく声を上げた。そして手は組んだままだったが、安心したように深々と息を吐いた。

「……ん。応援、だけする」

それから、多少は不安の種が消えたのだろう。ポツリと呟くと、ガータを見上げて言葉を続けた。

「ありが、と」

「……いや」

エリへの言動で、ガータに思うところはあるだろう。

だが、こうして素直にお礼を言える辺り――良い子だと思って、ガータは我知らず微笑んだ。

色々と、似た者同士

「ファアル！」

「ファアル！」

サムエルとアルゴが闘技場に出ると、アルゴに対していくつもの声援が上がった。

「これが、師匠の言う『アウェー』か」

異世界での、元々の言葉の意味は『敵地』らしい。そしてそこから、異国や特定の集団の中で疎外感を覚える場合や、周りが全員敵であるような場合に用いられるらしい。

（あ、でも『全員』ではないか）

サムエルは目が良い。だから闘技場で視線を巡らせると、相棒であるミリアムを見つけることは容易《たやす》い。

大きな声こそ上げないが、その小さな手を組んでサムエルの無事と勝利を祈っている。そこまでじゃないにしろ、ガータやティートもサムエルが負けることは望んではいない。それは闘いを終え、離れた場所にいるエリとレアンもだ。

（敵以外が五人もいりゃあ、アウェーじゃねぇな）

元々、あれこれ考える性質《たち》ではないが、何となくモヤモヤすることもある。けれど、自分なりにストンと腑に落ちると色々とスッキリする。

だから、その気持ちのままに笑みを浮かべると——開始の声と共に駆け出し、右手で剣を大きく振り上げた。

当然とばかりに、アルゴが両手にそれぞれ持った曲刀の一方で斬りかかってくる。そしていつものアルゴの闘いとは逆に、曲刀の切っ先がサムエルの腹を掠《かす》ったのだが。

「……貰った！」

「っ⁉」

そこでサムエルは、剣を左手に持ち替えてから空いた手で曲刀の刃に肘鉄《ひじてつ》を打ち込んだ。それと同時に、剣を横に薙ぎ払う。

それに、アルゴは肘鉄を食らった曲刀から手を離し、サムエルから距離を取って後方へと跳んだ。

そんなアルゴに、腹から血を流しつつもサムエルは奪った曲刀を見せつけた。

「腹の皮一枚で、剣一振り……これなら体、張るよなぁ？」

「……相手の武器を奪う辺り、お前の方が悪人じゃないか？　そもそも、曲刀は使えるのか？」

「ご心配、ありがと……よ！」

そんなやり取りを交わしながら、サムエルは左手に持ったままの直剣で今度は突きを放った。

アルゴはその切っ先を払うのではなく、逆に突っ込むように飛び込んできた。そして剣が腕を掠り、血を流しつつも下から上へと曲刀を振り上げる。

……それをアルゴから奪った曲刀で受け止めると、サムエルは突いていた直剣を振り上げた。

けれど、それが振り下ろされる前にアルゴは再び距離を取り――表情こそ変えないが、感心したように呟いた。

「確かに、あんたの心配をしてる場合じゃない」

「そうそう」

「……だからと言って、負ける訳にもいかない」

サムエルにと言うより自分に言い聞かせるように呟くと、アルゴは再びサムエルへと突進した。

そして相手が右手の曲刀を振り上げてくるのを今度も避けず、けれど代わりに自分の曲刀から手を離して両手で振り下ろした刃を受け止めた。

刹那、腹に蹴りを入れてくるアルゴに、サムエルは受け止められた曲刀から手を離して飛びのいた。そんなサムエルの視線の先で、アルゴもまた取り戻した曲刀と落とした曲刀、二振りを手に取ってサムエルから離れた。

「これで、元通りだ」

「……人のこと言えないけど、危なっかしい闘い方するなぁ」

「だから、武器が足りない状態だと落ち着かないんだ」

血を流しながらもしれっと言うアルゴに、何となく相棒のミリアムを思い出し——瞬間、無謀な自分を責めるように斬られた腹が痛み、サムエルは心の中で呟いた。

(痛ぇ……長くは、持たなそうだな)

彼を引き留めたのは

武器を奪ったところで、諦めてくれたら良かったのに。

そうは思うが、相手は真剣でのやり取り——と言うか、斬るのにも斬られるのにも慣れていた。

降参するどころか、逆に血を流しながらも曲刀を奪い返すような相手だった。

(俺も、斬るのは魔物とかで慣れてるつもりだったけど……人相手はやっぱ、命かかってると怯むし。斬られると痛ぇ)

そう思うし、エリも無理はするなと言っていたので降参すべきなのかもしれない。

……だが、サムエルが負けたら次は、エリが目の前の男と闘うのだ。

(俺は男だけど、師匠は強くても女だし……なら、俺が頑張らないとだよな)

アルゴだって、無傷ではない。勝てないかもしれないが、もう少し頑張れば相打ちは無理でも、少しは戦力を削《そ》ぐことが出来るかもしれない。

己の中で結論付けて、サムエルは痛みを振り切るように地面を蹴って走り出した。そして腹の傷を庇う為、振り上げるのではなくアルゴに突きを放とうとした。

そんなサムエルに対し、アルゴもまた駆け出す。そして剣ではなく、それを持つサムエルの腕を狙って曲刀を下から上へと振り上げる。

それでも止まろうとせず、たとえ腕が切断されても体当たりしせめて一矢《いっし》報いようとしたサムエルだが。

「……サム、メッ!」

「っ!」

そんなサムエルの耳に、相棒であるミリアムの声が飛び込んでくる。

反射的に後退ったサムエルの剣を、アルゴの曲刀が払いのけた。そしてもう一方の曲刀が斬りかかってくるのに、サムエルは慌てて声を上げ両手を挙げた。

「降参！　降参だっ」

「……助かったな」

曲刀を下ろしたアルゴはそう言ったかと思うと、サムエルを止めた声の主――ミリアムの方へと、目をやった。それにサムエルも視線を向けると、組んでいた手で拳を握り、灰色の瞳からポロポロ涙を零しているミリアムの姿があった。

周りの様子を見る限り、闘技場にいる人間全てが気づいたという程ではなかったようだ。けれど普段、自分の気持ちを言葉にすることが苦手で、大きな声などもっての外《ほか》のミリアムである。そんな彼女が、サムエルの耳に届くくらいの声を上げてサムエルを止めたのだ。とは言え、サムエルにも聞こえるならアルゴにも聞こえる。負けこそしたが、ミリアムの制止のおかげでサムエルは腕を失わずに済んだと言いたかったのだろう。

「ああ。助かった」

観客に煽られた訳ではないが、エリからも言われていたのにのめり込み過ぎた。自分らしくなかったと思った途端、全身から冷や汗が噴き出す。

サムエルは反省を込めた言葉を、ため息と共に吐き出した。そんなサムエルから視線を外し、王子の歓声に手を上げて応えるアルゴの背中に――サムエルは、感謝を込めて頭を下げた。

※※※

……闘いが終わり、控え室に戻ったらまずエリに怒られた。

「私もミリーも、治癒魔法使えないのよ！　解ってるの⁉」

「……大丈夫です、掠り傷ですから」

「傷は傷よ！　大怪我しなかったからって、口答えしないいっ」

「あの、店長。サムさん怪我人ですから」

そう、魔法は万人が使えるわけではない。特に治癒魔法の属性を持つ者は少なく、更に死亡以外大抵は治せるので頼むとかなりの高額なのだ。

それでも即座に治るので、エリは治癒師《ヒーラー》を探して頼もうかと言ってくれたがサムエルが全力で拒否したのである。

エリに叱られ、レアンに庇われはしたがその後はエリがサムエルの服を脱がし、応急処置をした。

そして本格的な治療はガータの屋敷に戻ってからとなり、控え室を後にした。

「……サム！」

そんなサムエルに、外で待っていたミリアムが駆け寄ってくる。

今は泣いてこそいないが頬を膨らませ、口をへの字にして睨みつけてくる。いつも無表情な彼女のその態度に、嬉しさと申し訳なさを感じながらサムエルはミリアムと目線を合わせた。

「ごめん、ミリー……ありがとな」

「……もう、無理は、メッ」

「ああ」

「…………絶対、よ？」

「ああ」

それから念を押すように言うミリアムの頭を撫でると、膨れていた頬がふにゃっと緩み――そんな彼女につられて、サムエルの頬も緩んだ。

吉と出るか凶と出るか

闘技場から戻り、恵理はすっかり恒例になった蒸し風呂に入った。闘った後の疲労が、マッサージによって回復していくのが解る。

そう言えばティートから、ガータの使用人の中から男女二人ずつ、ロッコに来てくれることになったと聞いた。あまり移動に時間をかけると大浴場再開に響くので、来る時のように宿泊はしない弾丸ツアーになるが、それを踏まえて若い人達が来てくれるらしい。

「エリ様も、無茶しないで、ね？」

「ミリー？」

「明日……サムみたいに、無茶は、メッ」

隣で、同様にマッサージを受けていたミリアムがそう言った。相変わらずの無表情だが、その眼差しは縋《すが》るように真剣だ。アルゴが悪い訳ではないが、サムエルとの闘いがよっぽど衝撃だったらしい。

「怪我でも、人はあっけなく死ぬ。甘く見るなよ……約束、したんだからな」

次いで、ガータも念を押すように言ってくる。今までのように心配してくれているが、今までと違って闘うこと自体は止めてこない。それは、心配しているミリアムも同様だ。恵理の目的や気持ちを、尊重してくれている。

「……ありがとう」

だから、恵理はミリアムとガータにお礼を言って微笑んだ。

……けれど、心の中では「多少、無理しないと勝てないわよね」と思っていた。

※※※

「アルゴ！　アルゴ、いるか⁉」

「……殿下？」

夕食の後、いきなり部屋に飛び込んできたサイードに、アルゴが軽く目を見張る。そんな彼の前で、サイードは先程、夕食の時に二人の兄から聞かされた話を打ち明けた。

「兄上達が、明日の決勝戦の為に特別な舞台を用意してくれるそうだ！」

「特別？」

「ああ！　この砂漠の国で、古《いにしえ》の海戦を再現するらしい！」

「……何？」

問いかけられたのに、サイードは胸を張って意気揚々と説明した。

アジュールでは数十年に一度、闘技場に舟を浮かべて海や川での戦《いくさ》を再現するらしい。サイードが知らなかったのは前回が彼がまだ二歳くらいの頃、長兄《ちょうけい》が王太子に任じられた時の祝いで開催されて以来だったからだ。だから、そんな特別な催しを開くと兄から聞かされて、嬉しくてアルゴに教えに来たのだが。

「そうか」

「アルゴ？」

アルゴは、普段から愛想は良くない。だから笑顔がないのは解るのだが、驚く様子もなかったことにサイードは眉を寄せた。

「いや……解った、と伝えてくれ」

「……ああ」

そんなサイードに、アルゴはそれだけ伝えてきた。そして、その後は何も言わなかったので、サイードは首を傾げながらもアルゴの部屋を後にした。

ハンデをチャンスに

水が少ない筈の国に、舟がある。それも博物館などではなく、闘技場に。

「水張って、プール状態って……すごい。しかも、一晩で」

数艘《そう》のうち、大きな舟にアルゴが乗り、小舟に乗る恵理が挑戦する図だ。ちなみに二人の乗る舟には、それぞれ漕ぎ手がいる。闘いに集中出来るのはありがたいが、恵理には一つ気になることがあった。

（昔、学校で読んだ本で『義経《よしつね》の八艘《はっそう》飛び』って言葉があったわね）

違う。これではない。そう自分にツッコミを入れつつ、恵理は用意された舟に乗りながら疑問を口にした。

「あの、舟から水に落ちたら負けですか？」

「えっ？　いえ、そういうことは特に」

いきなり話しかけたので、漕ぎ手の男性には驚かれたがそれでも教えてくれた。ただ、舟が浮くくらいの水位なので、落ちたらすぐに舟に戻るのは難しいかもしれない。

（落ちそうになったら何とか他の舟に飛び乗って、落ちたら別の舟にしがみついて……あと）

とりあえず、いくつか対応を頭の中で組み立ててみて、良しと声に出さずに頷く。

他の舟に漕ぎ手が乗っていないのは、足場や浮き輪の意味で浮かべているのだろうか？　身軽で、冒険者時代に足場の悪い戦いを何度か経験している恵理には特に問題ないが、アジュールでは舟は乗り慣れていないだろうから、アルゴには不利だと思われる。

（ハンデ、貰ったのかな。あと、アルゴへの信頼？）

恵理が女性というのもあるが、これくらいしないとアルゴには歯が立たないと思われているのだろう。怒るまではしないが、甘く見られていることには多少、モヤッとした。

（まあ、とにかく勝てばオッケーよね！）

しかも今回の闘いには、香辛料がかかっている。それならば、ここは素直に好条件に甘えて勝ちにいくべきだ。

恵理がそう結論付けたところで、開始の声がかかる。そうすると恵理の舟が動き、アルゴの舟へと近づいていった。

「……よっ！」

掛け声と共に恵理は舟を蹴り、アルゴの舟――ではなく、彼の頭上まで跳び上がる。

隙を突くことは出来ず、振り下ろした剣はしっかり受け止められた。しかも両手に持った曲刀の片方だったので、もう一方の曲刀が振り上げられる。

（体幹《たいかん》、すご！　舟の上なのに全然、よろけてない）

その攻撃を、恵理は感心しつつも後方宙返りをして避けた。それから舟の端に着地し、再びアルゴに斬りかかるが同様に阻まれて、斬り返される。

（サムとの時もだけど、隙が無い……舟の上でもなんて、どうすれば）

恵理は自他共に認める体力お化けなので、このペースで戦い続けてもまだまだ戦える。だが、これではキリがない。

（隙が無ければ、作るしかないんだけど）

避けるように後退りながら、さて、どうするかと考える。

もっとも、考えているからと言って相手が攻撃を止めてくれる訳ではない。だから一旦、元の舟――ではなく、別の舟に飛び乗ってから助走をつけて再び、アルゴの舟へと飛び乗った。今度は彼の前ではなく、頭上を飛び越えて背後に降り立つ。

「……ちょこまかと」

そんな恵理にボソリ、と呟くとアルゴは振り返り様に曲刀で斬りかかってきた。

その刃を、飛びのいて避けたところで――恵理は着地でよろけ、そのままアルゴの舟から落ちた。

全ては勝利の為に

舟から落ち、水に落ちると思われたが――恵理は空中で一回転すると、漕ぎ手が近づけてくれていた自分の舟へと飛び乗った。

そんな恵理にアルゴが一瞬、だが確かに驚いて固まる。

その隙を逃すまいと、恵理は手にしていた剣を舟の縁に近づいていたアルゴに、フリスビーのように回転をつけて思いきり投げつけた！

「っ⁉」

「貰った！」

まさか恵理が剣を手放し、しかも顔面に投げつけてくるとは思わなかったのだろう。いつものように一方ではなく、両方の曲刀を咄嗟に顔の前に出して剣を弾いたことで、アルゴの腹はがら空きとなった。

その隙を見逃さず、恵理は再び助走をつけるとアルゴ目掛けてジャンプをし、両足を揃えて足裏で思い切り蹴る。

地球でいうところのドロップキックを当てた後、恵理は後方に一回転した。そして止まることなく、高くジャンプして倒れたアルゴに再び、ドロップキックを放つ。

それから曲刀を奪い取って後方へ投げ、三度アルゴの腹を蹴ろうとした恵理だったが。

「……参っ、た」

アルゴから降参の声が上がったのに一瞬、闘技場が静まり返り——次いで、建物が揺れんばかりの声が上がった。

※※※

「……無茶苦茶だ」

「勝ちは勝ちです」

「いや、そうだが……まさか、アルゴ相手に肉弾戦とは」

アルゴとくれば、剣などの武器での闘いの印象が強い。それなのに剣を手放して投げつけ、更に蹴りをくり出して勝利するとは。

観終わると、恵理が舟から落ちたのもわざとではないかと思ってしまう。卑怯だとは思わないが、どこまで相手の先を読んで攻撃していたのかと空恐ろしくはなった。

呆然として呟いたガータに、ティートがしれっと言葉を続ける。

「『だから』だと思いますよ」

「えっ？」

「昨日のサムさんの闘いを見て、剣で渡り合うのは得策ではないと思ったんでしょう。あと、無傷とは言いませんけど、剣よりはダメージも軽いですよね……流石、女神です」

「ん、よかった」

「ええ、本当に」

「ああ、やっぱ、師匠はすげぇ」

昨日の今日なのでミリアムとレアン、そしてサムエルはやや緊張した面持《おもも》ちで応援していた。そして無事、勝利したエリを見て詰めていた息を吐きだし、安心したように呟く。

(確かに、あのアルゴに勝った……人間の、女性が)

彼女達の言葉に、約束が果たされたことを実感したガータの前で、恵理が勝利を示すように右手を高く振り上げた。そんな恵理の姿に、再び闘技場に歓声が響き渡る。

……刹那、ガータは心の中にあったわだかまりが、水滴のように弾けて消えたのを感じた。

※※※

「模擬《もぎ》海戦でも、駄目だったか」

「……えっ?」

兄の呟きは、歓声にかき消されそうになったが――聞き捨てならず、サイードは聞き返した。それに、長兄がばつの悪そうな表情を浮かべる。

「いや……王宮行事でもあるから、いつ開催されても良いように、腕利きの剣闘士は舟でも動けるように訓練しているんだ。だから、アルゴに有利だと思ったんだがな」

「確かに」

「なっ⁉　卑怯ではないですか！」

「ああ。だが、奴隷でもない他国の女性を勝たせるのもな……観客は気づいてないだろうが、アルゴには悪いことをした」

次兄《じけい》まで頷くのに、知らなかったサイードは声を荒らげた。

しかし続けられた言葉で、アルゴが兄達の企《たくら》みを知っていたのだと気づく。だがサイードが何も知らずに喜んでいたので、あえて明かさずに従ったのだと。

「……彼は、僕の剣士です。今後は、勝手に彼を利用しないで下さい」

アルゴが受け入れたことに対して、サイードが泣いたり癇癪《かんしゃく》を起こすなど冗談ではない。だから、と頬を引き締めて、サイードは兄達にキッパリと言った。

香辛料、ゲットだぜ！

水を張ったのは人力かと思ったが、アジュール国にも王宮付きの魔法使いはいるそうだ。その魔法使いが水属性の魔法で闘技場に張った水は、舟を片付けた後、一瞬で蒸発させた。

そんな訳で、元の地面に戻ったところで今まで座っていた王族達が立ち上がる。対して恵理とアルゴは片膝をつき、頭を下げて相手の言葉を待った。

「勝者エリよ。見事であった。褒美として、そなたの望みを一つ叶えよう。顔を上げ、遠慮なく申すと良い」

少年らしく高い、澄んだボーイソプラノでそう言われる。

試合中、遠目には見ていたが、流石にいきなりまじまじと見る訳にはいかない。だが声からすると、ガータが言っていた第三王子だろう。

アルゴの後援者と聞いていたので、怒られたり難癖つけられるかと心配もあったが、そういう心の狭い相手ではなかったらしい。

「私は、アスファル帝国で飲食店をやっています。そんな私の望みはアジュールの香辛料を今後、関税無しで定期的に購入することです」

「……何だと？」

「とは言え、関税はアジュールが砂糖などを買う為の費用ですよね……私の友人である商人は、ルベルとは別の砂糖を扱っています。その砂糖を安価で貴国にお売りすることで、少しでも関税の代わりになりませんか？」

「ちょっと待て」

「はい」

「飲食……と言うことは、そなたは料理人なのか？　料理人が、僕の剣士を倒したのか？」

「……はい」

ハンデを貰ったので、とはあえて口にはしなかった。日本人としては謙遜《けんそん》したいが、異世界では逆に嫌味に取られる場合がある。だから、恵理はただ短く答えてサイードからの返答を待った。

「アハハ……世界は広い！　なぁ、アルゴ？」

「……は」

朗らかに笑うサイードに、アルゴもまたそれだけ答える。

内心は解らないが怒られなくて良かった、と恵理は心の中で安堵の息をついた。そんな恵理の前で、サイードが少し後ろに立っていた二人の男性を振り返って声をかける。

「兄上達、良いだろうか？」

「ああ」

「我が国にも、利があるからな」

小首を傾げるように見上げるサイードに、二十代半ばくらいの精悍《せいかん》な男性とそれより少し若い理知的な男性がそれぞれ頷いた。呼びかけからすると兄にあたるのだろうが、見た目通りなら十歳は離れている。もっともらしく言っているが、これだけ可愛い少年ならばさぞ可愛がられていることだろう。

そんなことを考えていた恵理に、クルリとサイードが向き直った。

「そなたの望みを、叶えよう！　もっとも僕に出来るのは、そなたに関税を払わなくてよい権利を与えるだけだ。砂糖の買い取りや香辛料の販売については、我が国の商人に任せる。そなたも、実際の商いはその友人とやらに任せるのだろう?」

「ええ」

「そうか、安心したぞ！　剣術や体術だけではなく、商いの才もあっては完璧すぎる！」

「私は、チー……万能ではありません」

「ハハッ」

チートと言いかけたのを、恵理は慌てて言い換えた。

それには気づかなかったのか、サイードが楽し気に笑う。するとそこでサイードは、ふと思いついたように声をかけてきた。

「料理人なら、褒美とは別に頼みがある……我が剣士に、異国の珍しい料理を食べさせて貰えないだろうか?」

「……私で、よければ」

「おお、頼んだぞ！　国には、いつ帰るのだ?」

「武闘会が終わったので、明日にでもと思ってましたが……」

「そうか……ならばこの後、頼めないだろうか?　王宮に来て、僕とアルゴの分を用意してほしい。商いの件はその時、商人達に詰めて貰うことにしよう」

「はい、喜んで」

急展開に戸惑うが、料理を求められるのは嬉しい。ついつい、居酒屋のような返事をしてしまうくらいに。

（王子様だし、それこそカレーにしようかな）

グルナにしか伝わらないことを考えながら、恵理は微笑んで頷いた。

……そんなサイードがアルゴの願いを叶える為だけではなく、兄達の企みを引き受けたアルゴへの、謝罪のつもりで頼んだことを恵理は知らない。

ちょっとお子様向けにしてみました

ティートと二人で、王宮に連れていかれたところ――恵理だけ風呂に案内され、サウナとマッサージでもてなされた。

アジュール風衣装への着替えはガータ宅同様、服を洗って貰った後に魔法で乾かしたので免れたが、考えてみれば今日は武闘会で闘ったのだ。いくら目立った怪我がないとは言え、風呂に入れたのはありがたかった。

そしてサッパリしたところで、恵理は王宮の厨房に連れていかれた。

ありがたいことに、竈は二つ借りることが出来た。だから食材をアイテムボックスから出して一つでタイ米を炊き、もう一つでカレーを作り出す。

そして少し考えて、恵理は先に炊けたご飯の鍋を一旦、アイテムボックスにしまった。

代わりに、フライパンで目玉焼きを二つ作る。香辛料が食べられている国ではある。あるが、一人は子供なので万が一、辛すぎた時は卵で味をまろやかにしようと思ったのだ。

（温泉卵でも良いけど、生っぽいのが苦手な人もいるのよね……だから黄身は半熟だけど、あとはしっかり焼くように両面焼きで）

卵について何か聞かれたら、そのまま伝えて図星だと怖いので「太陽を模してみました」とそれらしいことを言うことにする。

普段は（王族と、有名とはいえ平民なので当然だろうが）別々に食べているらしいが、今日は特別にサイードはアルゴの部屋で食べるそうだ。他の料理もあるが、先日のガータの時のように恵理の料理も一品として食べてくれると言う。

「あの……よければ、その料理の作り方を教えて貰えないか？　香辛料をそうやって使うのも、米《リーゾ》をそうやって食べるのも初めて見る」

そして手作りルーを溶かし、器にタイ米と出来上がったカレーを盛り付けて、目玉焼きを載せたところで、恵理は料理人らしい髭《ひげ》の男性にそう声をかけられた。嬉しさのあまり、恵理は即座に頷いて男に答えた。

「いいですよ。米《リーゾ》は、知っているんですか？」

「ああ、隣のルベルから入ってくるから……ただ、普段は香辛料で味つけをして食べてるな。それだけだと、味がしないと思っていたが……スープや料理と合わせるなら、そのままでも良いんだな」

「そうなんです！　香辛料を普段使い出来るなら、こう食べると美味しいですから、ぜひ！」

髭はやしているが、雰囲気としては二十代半ばくらいなので恵理より年下だと思う。

とは言え、恵理は年より若く見えるので多分、こちらを年下だと思って話しているのだろう。だが、この異世界にカレー文化が広まるのなら、そんなことは全く気にならない。

満面の笑みでアイテムボックスに一旦カレーをしまい、代わりに紙を取り出してカレーの作り方を書きつけていく恵理に、声をかけた男性や他の料理人達はうっとりと見惚れるのだった。

美味しいがいっぱい

レシピを伝えた後、恵理のカレーは他の料理と共に、使用人達によって運ばれることになった。少し申し訳なく思いつつも、彼らの仕事を取るのも気が引ける。だから運ぶのは使用人に任せ、サイード達に挨拶だけしてガータの屋敷に戻ろうと、恵理はアルゴの部屋に行くことにした。

「女神！」

「ティート、終わったの？」

「はい。実に、有意義な話が出来ました」

「ええ……おかげさまで」

途中、アジュールの商人との話を終えたティートと会った。ティートは満足したように微笑んでいるが、隣の商人はと言うと笑ってこそいるが何だか疲れているようにも見える。恰幅《かっぷく》が良く、年もティートより一回り以上は上だと思うが、ティートの笑顔でゴリゴリと押しまくる強さに、色々とやられたのかもしれない。

「殿下にお礼を伝えてから、辞するつもりだったのです」

「そうなの？　私もカレーを食べて貰ったら戻るつもりだったから、よければ一緒に戻りましょうか？」

「カレーを出すのですか？　それは良いですね！」

「ええ……あ、料理人の人に聞かれて、レシピ教えたんだけど……まずかった？」

「大丈夫です。一昨日、ご馳走になった後に特許の申請手続きは取っています。だから悪用されることはないですし、香辛料がたくさん使えるのでむしろ、面白い発展をするかもしれませんね」

「ありがとう」

「カレー？　これから、殿下達に献上する料理の名前ですか？」

「ええ。香辛料を使って、肉や野菜と煮込んで、米《リーゾ》の上にかけるんです」

「ほう！　それはそれは」

歩きながらのティートと恵理の会話に、疲れていた商人が興味を惹かれたように入ってくる。

少しでも、気がまぎれたのなら良かった。そう思っているうちに、恵理はアルゴの部屋に到着した。

※※※

「スープ？　ソース？」

「解らんが、美味い」

「……そうだな。これだけでも美味しいが、卵と食べても、米《リーゾ》と食べても……うん、美味しい」

サイードが不思議そうに見つめている横で、アルゴが口に運んでボソリと呟く。それを見て、サイードもまた口に運び――そこから、スプーンと「美味しい」が止まらなくなった。

口に合って良かった、と恵理が思っていると、サイードが恵理達が来たことに気づいた。

「エリ！　美味しく珍しい料理に、感謝する！」

「恐れ入ります」

「異国でも、こういう風に香辛料を使った料理があるのだな……そなた達も、話は終わったか？　色々大変だと思うが、よろしく頼む」

「「かしこまりました」」

お礼を言われて労われたのに、恵理とティート達はそれぞれ頭を下げた。異国とは、厳密には異世界の日本なのだが、藪蛇《やぶへび》にならないように恵理は黙っていることにする。

そんなサイードの隣で、ふとアルゴの手が止まる。恵理がどうしたのかと思っていると、運ばれた他の料理の皿に手を伸ばした。

スプーンで掬《すく》ったのは、ガータの家でも食べた料理だ。砕いた小麦を一度茹でてから乾燥させたブルグルと挽き肉で生地を作り、中に炒めて味付けをした挽き肉を入れたクッベという料理である。色んな食べ方があるらしいが、ガータの家や王宮では揚げたものを出している。それを見て、恵理が揚げ餃子だと思ったのは内緒だ。

……そんな揚げクッベを、アルゴはカレーの上に載せた。

それから、カレーとタイ米を一緒に口に運び──咀嚼《そしゃく》し、飲み込んだ後、うん、と大きく頷いた。

「美味いものと美味いものを合わせると、より美味い」

「なるほど！　僕もやってみようっ」

真面目に面白いことを言っているアルゴに、サイードが感心したように頷いて揚げクッベをカレーと食べる。美味しかったらしく、黒い瞳を輝かせたが──そこで、申し訳なさそうに恵理を見た。

「すまぬ。出されたものに、手を加えた」

「いえ。故郷でもそうやって、トッピ……付け合わせと一緒に、食べますから」

アレンジしたことを謝るサイードに、恵理は気にしないようにと説明した。それこそトッピングを否定したら、日本のカレーチェーン店が困ってしまう。

「美味かった。卵を焼いたのと食べても、美味かった……また、食べたい」

「ありがとうございます。厨房の方々にカレーのレシピを渡したので、よければまた召し上がって下さいね」

「感謝する……そして、アルゴ。いきなり、料理人の料理に手を加えるな。僕も気をつけるが、せめて先に確認してからにしろ」

「……すまなかった」

「いえ」

そんな生真面目なサイードの横で、真面目ではあるがマイペースにアルゴが言った。それに恵理がお礼を言うと、そんなアルゴをサイードが窘《たしな》める。確かに恵理は気にしないが、人によっては気にするだろう。ちょっと違うかもしれないが、味わう前にソースなどの調味料をかけられるようなものだ。

ただ、くり返すが恵理は全く気にならない。むしろ、大の男が子供に叱られて、謝ってくるのを微笑ましく思っている。

……そこでふと、恵理はあることを思いついた。

そしてロッコに戻ったら、早速、作ってみようと心に誓った。

それぞれの前進

アルゴとサイードがカレーを食べきったのに、エリは安心したように笑って、商人達と共に部屋を後にした。

他の料理もあるので、サイードはまだアルゴの部屋で食事をしている。仮にも王子なので今回限りだろうが、王宮に来てからアルゴは一人で食事をとっていたので、サイード一人増えただけでも賑やかだと思った。

（剣闘士の宿舎にいた時は、もっと大所帯だったしな）

一人でも気にならないが、別に好きな訳でもない――そこまで考えて、アルゴは口の中の料理を飲み込んだ後、サイードに話しかけた。

「食客を辞めて、元の宿舎に戻ろうと思う」

「アルゴ？」

「武闘会では完敗だった。しかも、魔法を使われてもいないのに、だ……俺も、まだまだだ。もっと、精進しなければ」

「王宮にいたら、精進出来ないのか？」

「……敗者がそもそも、王族の食客では駄目だろう？」

言い難いかと思ってアルゴから切り出したが、どうも通じていない気がする。だから、と辞する理由を告げたら、サイードが拗《す》ねたように唇を尖らせた。

「確かに、エリは強い。だが、僕は別に魔法剣士が欲しい訳ではない。魔法は、魔法使いに任せれば良いからな」

「殿下……」

「あと、剣士なら誰でも良い訳じゃない。僕が選んだ剣士は、お前だ……敗者では駄目だと言うのなら、もう二度と負けるな。それで良い」

偉そうに難しいことを言うと思ったが、そもそも王族なので偉いのだと思い直す。そして再び負けた気になりつつも、アルゴは誓いの言葉を口にした。

「ああ、もう二度と負けん」

……四年後の武闘会で、アルゴは優勝し剣闘士を引退する。

その後、サイードの護衛となるのだが――それはまた、別の話である。

※※※

次の日の朝、ロッコに戻る為、来た時同様に恵理達は馬車に乗って旅立った。

……来た時と少し違うのは、ティートとミリアムが武闘会での賭けの報酬を得たこと。あと揉み療治をロッコで教える為の使用人達が乗っていることもだが、何故かガータが馬に乗ってついてきたことである。王都を出るまで、と言われたが、優勝してもまだエリは信用されていないのだろうか。

こっそりため息をついたところで、不意に馬車が止まる。

まだ、王都の門を出て間もない。何事かと思い、恵理が客車から御者席に出ようとしたところで、ガータの声が凛と響いた。

「アジュールの恥を、晒すんじゃない！　立ち去れ！」

「他国民の、お前が言うなっ」

「その女がいなければ、士官出来る筈だったんだ！」

「私の時も、あったがな……立ち去らんのなら、力ずくで追い返すのみっ」

どこかで聞いたような声に対して、ガータが一喝する。

その内容に焦り、ティートが座る御者席に出たところで、声同様に知っている――と言うか、武闘会で恵理達に絡んできて負けた男達だと気づく。優勝した恵理への、逆恨みという訳か。

（この襲撃を心配して、ついて来てくれたの？）

相手は助っ人を頼んだのか、馬車の行く手を十人くらいの男達が阻んでいる。もっとも、ガータの方が強いらしく見る間に剣を弾き飛ばし、馬で蹴散らしていたが――武闘会で恵理に魔法で攻撃するも敗れたカリルが、キッと顔を上げて口を開いた。

「我が手に炎よ、集《つど》い来たれ、敵を貫け……炎射矢《ヴァンアロー》！」

そうカリルが唱えた刹那、背後に現れた炎が矢となって、目標――ガータへと、放たれる。だが威力を考えてか、呪文をしっかり長々と詠唱してくれたので助かった。

「氷槍《アイスランス》！」

カリルの魔法を察知し、恵理が短く唱えると幾数の氷の槍が放たれ、そのうちの一本がガータへ迫《せま》っていた炎の矢とぶつかって消え去った。残りの氷の槍はと言うと、カリルを取り囲むように地面へと突き刺さる。

「あんな短い詠唱で、あれだけの数と精度……武術だけではなく、魔法もこれ程使えるとは」

恵理の魔法に助けられたガータが、感心したように言う。

一方、反撃されたカリルからすれば、全力で魔法を使いさえすれば負けないと思っていたのに、全く歯が立たないことに青ざめる。そんなカリルと、次は自分達が魔法で攻撃されるのかと後退る男達を、恵理は冷ややかに一瞥した。

「ひっ⁉」

「まだやる？」

「「「ば、化け物だっ」」」

そんな捨て台詞を吐いて、カリル達は逃げ去った。やれやれ、と呆れていると馬から降りてきたガータが、御者席の恵理に向かって深々と頭を下げた。

「すまなかった。お前のことを、見くびっていた」

「そんな……謝らないで下さい」

「いや、人間の女性だから弱いと決めつけてしまっていた……アジュールに来る前に、闘えると証明してくれたのにな。武闘会での活躍を見て、考えを改めた」

「……ガータさん」

「さっきのような馬鹿な輩《やから》がいるから、ここまでついてきたが……お前は強いし、魔法も使える。だから、ここからお前達を見送ろう。本当に、すまなかった。そして、助けてくれてありがとう」

そこで一旦、言葉を切るとガータは顔を上げて恵理に言った。

「これからもレアンを、よろしく頼む」

認めてくれたからこその言葉に、驚いて目を見張り――次いで笑みの形に細めると、恵理はキッパリとガータに答えた。

「はい、頑張ります！」

劇的なあれこれ

ガータと別れ、来た時同様の弾丸旅で恵理達はロッコへと戻った。

連れてきたアジュール人の男女が心配だったが、ルベルに寄って冬服を買い、しっかり防寒させたので頑張ってくれた。そして恵理の食事を美味しそうに食べ、雪景色になるにつれ目を輝かせたり、感嘆の声を上げたりしていた。

そして往路と同じく、一週間ほどで恵理達はロッコに到着した。

冒険者ギルドに、アジュール人達を預ける。ロッコで表立った差別はないが、アジュール人達にとっては異国だ。けれどギルドなら宿泊施設はあるし、外に出なくても簡単な食事や風呂は利用出来る。更に恵理達も翌日の昼まで疲れて動けなかったので、まずはゆっくり休んで揉み療治を教えて貰うのは明後日からとなった。

「お帰りなさいねぇ～、早く休ませてあげたいけどぉ、大浴場だけ見てってぇ～?」

「は、はい」

抱きしめられながらのルーベルの言葉に、腕の中に収まった恵理は何とかそれだけ答えた。そして大浴場の前に立ち、黒い目を軽く見張った。

入り口は正面と左脇、二つに分けられていた。今回は貴族用になる正面玄関から入る。そうすると入り口だけではなく、一階は壁で仕切られていた。完全に分けたのだと思い、階段で二階へと上がる。

「手前の六部屋は泊まる部屋にして、小さいけど食堂も作って～。あ、でも部屋で食べても大丈夫よぉ。あと温泉と香草を使った蒸し風呂、揉み療治する場所は奥にしたわぁ。男女で分けて、一度に利用出来るのはそれぞれ三人くらいだけどぉ。お貴族様なら、あんまり大人数で密接にはしない方が良いわよねぇ」

言葉通り、手前の部屋には富裕層向けの上品な造りの家具と絨毯、寝台が設置されている。奥の部屋は、温泉を汲み上げて源泉かけ流し状態にした浴槽と、蒸し風呂。それから、揉み療治を受ける為の長椅子が用意されていた。しかも屋根の一部がガラス張りになり、ちょっとした露天風呂気分である。

……改装改築と言うと、恵理の脳裏に浮かぶのは日本で観ていた、リフォームのドキュメンタリー番組だ。その番組の中で、必ず出るナレーションがある。

「何ということでしょう……！」

そのナレーションと同じ言葉が、改装後の厨房を見て恵理の口からこぼれ落ち――脳内には、番組お馴染みの音楽が鳴り響いた。

※※※

その言葉は、大浴場に感激した後、自分の店へと戻った時にも出た。

複数の竈。

大きな洗い場。

それから、熱が厨房や店内にこもらないように設置されたのは、何と換気扇である。あまりのことに感激した恵理は、匠《たくみ》ならぬドワーフのローニへとお礼をしに行った。

「いいだろ？　スイッチを入れると風の魔石が稼働し、中の羽根が回って換気をする。鉱山で使われていた技術だが、採掘では換気が命綱だったからな！」

「鉱山、すごいです！」

そう言ってローニが胸を張るのを、恵理は素直に褒め称えた。恵理の現代知識からの提案は勿論あったが、こうして実現したのはローニ達職人の知見と技術があってこそだ。

「あの！　これから早速、手に入れた香辛料で新メニューを作るんですけど……出前したら、皆さんで食べてくれますか？」

「そりゃあ嬉しいが、どうせなら竈で換気がしっかり出来てるのが見たいな。幸い、今日は急ぎの仕事がないんだが……カミさんと弟子とで、押しかけちゃ迷惑かい？」

「とんでもない！　ぜひ、来て下さい」

感謝の気持ちを表そうと申し出た恵理に、ローニはそう答え――いつもは出前を利用しているローニ達が急遽《きゅうきょ》、どんぶり店に来ることになったのである。

色々とウィンウィンで

ローニ達と別れ、どんぶり店に戻る前に恵理はグルナの店によった。新作メニューのお披露目へのお誘いもだが、アジュールで買ってきた香辛料のお裾分けの為である。

「武闘会でのご褒美ってことで、関税を無くすのは私個人の取引までなの。でも、ティートの商会で定期的にアジュールに行って、てんさい砂糖や他の商品と交換で仕入れてくれることになったから……少しなら、これからもグルナに香辛料分けられるわ」

「いいのか⁉　ってか、俺も払うからな！」

「いいわよ。コンソメとかのお礼のつもりだから」

「良くねぇよ。親しき仲にも礼儀あり！　あ、でももし、コンソメ気になるなら……これ！」

そこまで言ってグルナが指差したのは、一緒に買ってきたコーヒーの粉だった。

アスファルでは紅茶はあるが、コーヒーはない。だからアジュールで飲んだ時もティートは気に入ったようだが、サムエル達は香辛料の後味をスッキリさせる飲み物くらいにしか思わなかったようだ。しかし、グルナにとってはそうではなかったらしい。

「あの、アジュールではフィルターとか使わないで直接、鍋で煮込むそうなんだけど……大丈夫？」

「ああ！　フィルターは端切《はぎ》れで作れるからな……久々のコーヒー！　あるのかどうかも、解ってなかったんだが……あるなら、ぜひ！　仕事の後の一服に……ギブミーコーヒー！」

「え、ええ」

「やった！」

グルナの勢いに押され、何とかそれだけ返事をし――途端に満面の笑みになったグルナに、恵理もつられて微笑んだ。

※※※

お土産は渡せたが、日はまだ高い。グルナは店があるのでカレーは明日以降、届けに来ることになった。

ルーベルには大浴場で声をかけているので、あと一時間くらい、夕五刻（日本の十七時）頃に店に来てくれる。ティートやサムエル達も、荷物などを置いて一休みした後、来ることになっている。

そんな訳で、店に戻った恵理は店の掃除を終えたレアンに、カレーが出来上がるまで一旦、部屋で休むように声をかけた。それから顔や手を洗い、エプロンをつけて早速、新しい厨房を使うことにした。

今回、魔石を使う竈が三つに増えた。おかげで、タイ米を炊きながら野菜を煮て、更にカレー粉を炒めるのも同時進行が出来る。今回は『カレー丼』にするので、野菜を煮る時に魚醤を入れて味つけをし、それからカレールーを入れた後、水溶きコーンスターチを加えてとろみをつけた。

しばし煮込んでいる間に、恵理が作り出したのはトンカツである。

（アルゴが言っていた「美味いものと美味いものを合わせると、より美味い」は真理よね）

トンカツは、カツ丼を出しているのでロッコの面々には馴染みがある。元々、美味しいカレーに美味しいトンカツを載せれば足し算どころではなく、かけ算になると思ったのだ。

今までは、トンカツを作ると厨房や店内に熱がこもったが、今は違う。竈の上には、プロペラのはまった大きな覆いがついている。スイッチを入れると途端にプロペラが動き、こもった熱があっという間に吸い込まれていった。

それに恵理は満足げに頷き、揚がったトンカツを切り、ご飯・トンカツ・カレーの順番で丼鉢に盛りつけていく。

最後に、異世界でも料理の彩りに使われているグリーンピースを載せたところで、ティート達が興奮したような声を上げて入ってきた。

「女神！　店から、すごく美味しそうな匂いがします！」

「カレーもだけど、揚げ物の匂いも！　もしかして、トンカツですか師匠⁉」

「……楽し、み」

「エリ～、改装大成功じゃない～？」

いきなり言われて、驚いたが――排気口が、店の正面に作られていたらしい。結果、換気扇で吸い込まれたカレーやトンカツの匂いが、店の前の通りに流れたという訳だ。

(匠……いや、ローニさん、有能すぎる!)

飲食店としてはありがたい改装に元々、支払っていた改装費の他に、追加料金も出そうと心に誓う恵理だった。

最高のごちそう

「おう、邪魔させて貰うぞ」

「今日はありがとうね」

「お、お邪魔します!」

ちょうど心に誓ったタイミングで、ローニ達もどんぶり店へとやって来た。ローニとアダラとは馴染みだが、弟子のハールとはこうして会って話すのは初めてだ。

(ドワーフらしく、小柄だけど……髭はないし、がっしりしてないし、若いからかな?)

くせのある短い栗色の髪と瞳。小柄でこそあるが、あまりごつい感じはしない。そんな恵理の疑問が顔に出たのか、アダラは笑って答えてくれた。

「ああ、作業に邪魔だからって髪を切って男装しているが、ハールは女の子だからね」

「えぇ!?　失礼しましたっ」

「いえ、気にしないで下さい！　よく間違えられるんです。おかみさんみたいに、女性の職人さんもいるんですが……鍛冶職人は、火を使うので。安全を考えてなんですよ」

「私も、冒険者の時に危ないから短くしてました……楽なんで、辞めても短いままですけどね」

「……楽ですよね？」

「ええ」

内緒話のように尋ねてくるハールに、恵理が大きく頷くと――ハールは髪と同じ栗色の目を軽く見張り、次いでくしゃっと笑みの形に細めた。

※※※

レアンがカツカレー丼を配膳し、蓋を開けた途端に皆の目が輝いた。

「すごいです、店長！」

「トンカツには、こんな食べ方もあるんですね女神っ」

「肉が、トンカツなんて……無茶苦茶、贅沢」

「ご馳、走」

カレーを食べたことのあるレアン達は、追加されたトンカツに反応し。

「香辛料だけでも、豪華だけどぉ……トンカツまで載ると、派手で素敵ねぇ。これなら、貴族の方々にも喜んで貰えるわぁ」

「随分と、パンチの効いた料理だな！」

「出前で米《リーソ》は食べていたけど、こういう辛いソースと食べるとまた進むねぇ」

「辛っ！　でも、美味しい……この肉も、噛んだら口の中に肉汁が！」

今日、初めて食べるルーベル達はまず香辛料に、それからタイ米やトンカツに反応した。辛いので水を飲みながらも食べ進め、ティートから手に入れた海藻と豆腐の味噌汁でホッと一息つく。

「カレーはルビィさんの言う通り、貴族様向けのメニューになりますが……ローニさんのおかげでトンカツは遠慮なく揚げられるので、これからはカツ丼も常時出すことが出来ます。本当に、ありがとうございました」

皆が食べ終えて一息ついたところで、恵理はローニにそう言って頭を下げた。そんな恵理に、ローニはニっと口の端を上げて言った。

「職人にとっては、お礼や誉め言葉も良いが……しっかり使って貰うのが、最高のごちそうだ。こっちこそ、ありがとうな」

おもてなしの為に

話は、少し前に遡る。

恵理達がアジュールに行っている間、大浴場では従業員を増やしていた。そして各人の希望を聞いた上ではあるが、貴族と平民で担当を分けるのではなく、状況によりどちらにも対応出来るようルーベルが礼儀作法などを仕込んだ。今までは女性従業員が多かったが、貴族の男性も来るだろうから今回は男性従業員も指導している。

そんな中、ヴェロニカからルーベルに一通の手紙が届いた。

何でも貴族向けの宿泊施設を作ることに対して、貴族の中からせっかくなので皇太子に視察して貰えばという話が出たそうだ。婚約者候補であるヴェロニカの事業だからという名目だが、施設が大したことがなければ、それで彼女の足を引っ張ろうという魂胆らしい。

「大人数では何なので、殿下とわたくしを含む婚約者候補、あと、それぞれ一名ずつ護衛や側近を連れていくことになります」

ヴェロニカ自身も貴族だが、皇族に絡む内容も書かれているので、多分検閲は受けていると思う。

そして以前、彼女は婚約者候補の当事者達はともかく周辺で代理戦争が起きていると話していた。

皇太子がいる手前、表立ってヴェロニカを悪く言うような者は来ないだろうが――結果が出せなければ、それを理由にヴェロニカは婚約者候補から外されるだろう。

（まあ、あの様子だと実際、候補から外れても平気そうだけどぉ）

だが、それは訪れる者達が大浴場に満足しなかったことを意味している。それはルーベルも、そしてヴェロニカも本意ではない。

「わかったわぁ～。微力ながら精一杯、おもてなしさせて頂くわねぇ～」

それ故、ルーベルはヴェロニカの手紙への返事にそう書いて蝋《ろう》で封をした。それから決意を込めてチュッ、と投げキッスを送った。

※※※

そして恵理達がアジュール人を連れてきてくれたので、ルーベルはアスファル帝国では初になる垢すりや揉み療治の講習を始めた。

「……これはぁ、最高ねぇ～」

練習台になったルーベルは浴槽で温まった後、香草の香りに包まれながら蒸し風呂で汗を流し、垢すりや揉み療治をアジュール人から受けた。

自分でもある程度は体調管理に気をつけていたが、こうして施術を受けると意識していなかった疲労や不調が洗い流されほぐされて、癒されていくのを感じる。『療治』とはよく言ったものだ。

「あと十日、水の月の一日にヴェロニカ様や殿下達が来るわよぉ～。皆、頑張ってこのもてなし方を覚えて、お客様をメロメロにしましょうねぇ～」

「「「は、はい！」」」

長椅子に伏せながら、隻眼で色気のある流し目を向けて言ったルーベルに――男女共に顔を赤くしつつも、従業員達は背筋を伸ばして元気よく返事をした。

何で、私はここに？

月が替わり、一日。大浴場の準備と従業員教育は無事、完了していた。

本格的な再開は来週からだがまずは今日、皇太子達にお披露目する。ちなみに揉み療治や垢すりを教えてくれたアジュール人達は一昨日、ロッコでお土産をたくさん買って帰っていった。今回は、てんさい砂糖などを載せたリウッツィ商会の馬車に同乗したので、来た時のような強行軍ではない。帰りはのんびり、旅を楽しんでくれれば良いと思う。

そして今、恵理は何故かルーベルとティートと一緒に大浴場の前にいた。

「確かに、来るように言われて頷いたけど……本当、何で私、ここにいるんだろう？」

「それは女神が、街興しの立役者《たてやくしゃ》だからじゃないですか」

「今日、エリはお店休みでしょう？　若旦那の言う通りだし、他の人達はお仕事だしねぇ～。ヴェロニカ様も、知った顔がいた方が心強いだろうしぃ？　今日は、よろしくねぇ～」

恵理の疑問にティートが生真面目に、ルーベルが笑って答えたところで、大浴場の前に四台の馬車が到着した。

護衛らしい青年が降りた後、先頭の馬車から降りてきたのは十五歳くらいの線の細い美少年だった。サラサラの金髪と、空の青の瞳――アスファル帝国の皇太子・ジェラルドだろう。

他の馬車からも、同様に男女が（ヘルバもいた）降りてくる。そしてヴェロニカと、真っ直ぐな銀髪をなびかせた辺境伯令嬢・アレクサンドラ。そして柔らかそうな黒髪の侯爵令嬢・ソフィアが降りてきた。

全員同じ年だと聞いているので、今年で十五歳。来年が十六歳で、魔法を使える令息令嬢が通う、魔法学園に進学予定である。

（アレクサンドラ様は凛とした美人さんで、ソフィア様は清楚な可愛い系……あ、でも確かに仲良しさんみたい。三人とも、リン酢使ってるもんね）

自分も使っているからこそ、リン酢の使用は一目瞭然だ。ヴェロニカを通さなくてもリン酢は買えるが、仮に仲が悪ければ少なくとも相手の前では使わない。乙女心とはそういうものである。

「ジェラルドです。出迎え、感謝します」

「こちらこそ……よくお越し頂きました。冒険者ギルドマスターの、ルーベルでございます。彼らは、街興しの財源を支えてくれた商人と、色々と斬新な提案をして盛り上げてくれた飲食店主です」

「ティートです」

「エリです」

「一晩、世話になります。よろしく頼みます」

「「「かしこまりました」」」

身分的には遥か上だが、こちらが年上と言うのもあってかジェラルドは敬語を使っていた。アジュールのサイードはやんちゃな感じで可愛かったが、ジェラルドも幼い貴公子という感じで可愛い。

そして皇族相手ということもあり、ルーベルはいつもの口調は封印していた。ヴェロニカは動じなかったが、確かに初対面の相手にはあの言葉遣いは刺激が強すぎるだろう。

（でも、ルビィさんってあの口調をやめると、単なるイケメンよね）

そう恵理が思った通り、精悍な美丈夫であるルーベルに、ヴェロニカ以外の者達は見惚れているようだった。

※※※

正面入口の扉を開けると、階段からの絨毯に沿うように男女の従業員が立って頭を下げていた。

声がけがないのは貴族の場合、身分の低い者から高い者に声をかけるのはマナー違反だからである。

そしてジェラルド達の後方には、彼らの手荷物を持った従業員がいた。

アイテムボックスを使うのは、旅が多い冒険者や商人だ。そもそも滅多《めった》に旅行をしない富裕層は、旅支度も旅行の楽しみと考えている。それ故、富裕層向けの宿では荷物持ちもてなしの一つなのだ。

「……あれは、何ですか?」

ふと、ジェラルドが階段の手前に置いてあるものに気づいて、ルーベルに尋ねる。それに、ルーベルは隻眼の瞳を細めて答えた。

「ああ、あれはぁ……あれは、蝋で作った料理の見本です。各部屋にもお品書きはありますが……ロッコには、珍しい食べ物が多いですからぁ……んんっ、ですからね」

ついつい語尾が伸びそうになるのを咳払いなどで誤魔化しつつ、ルーベルはグルナに作って貰った『食品サンプル』について説明した。

乙女達の思惑

浴槽に侍女や従業員がお湯を運ぶということは、貴族の屋敷や高級宿では行なわれている。

だが、二階以上の建物で大量のお湯を使うことは、発想自体がなく——確かに元々は恵理の発案だが、温泉がありそれを汲み上げる技術があってこそ成立したので、彼女としては別に大したことはしていないと思っている。

「そんなことはありません！」

「ですが……」

「発想がないと、何も始まりません！　元々、石鹸も勇者様が広めましたが……そこから先の発想がなかったからこそ！　我々は長年、清潔さを優先して髪のきしみについては我慢するしかなかったのです！　しかも、二階でこんな風に好きなだけお湯を使えるなんてっ」

「は、はぁ」

けれど、そんな彼女に力説してくる人物がいて、湯浴《ゆあ》み着（貴族用として、ルベルから木綿のものを取り寄せている）を着て浴槽に入っていた恵理はたじろぐしかなかった。

そう、浴槽。何故だか恵理は今、ヴェロニカ達令嬢と共に風呂に入っている。

以前ロッコにヴェロニカが来た時のような、夜を徹しての移動は貴族としては例外だ。流石に、帝都とロッコでは距離があるので、皇族や貴族が一泊もせずに来ることはない。とは言え、今回の目的は貴族向けとなった大浴場の視察である。それ故、到着した皇太子達は食品サンプルやお品書きを見て出前を頼んだ後、先に風呂で汗を流すことになったのだ。

そして恵理は、アレクサンドラとソフィアから「話が聞きたい」と言われてここにいる。ルーベル達は、別にジェラルドと一緒に風呂に入ってはいないのに。

（解《げ》せぬ）
内心首を傾げる恵理に、湯浴み着を長椅子に敷き、従業員からの揉み療治を受けながら語ってい
るのは、ヴェロニカ――ではなく、何とソフィアだ。大人しそうだと思っていたが、何と言うか語
りが熱い。
「ソフィア様は読書家で博識なのですが、リンスや二階でお湯を使うことは完全に予想外でしたか
ら……ヴェロニカ様から話を聞いて以来、とても会いたがっていたのですよ。まあ、それは私も同
様ですが」
勢いに押されていると、同様にうつ伏せになって揉み療治をされていたアレクサンドラがそう
言った。そしてひた、と水色の瞳を恵理に向けてくる。
「エリ様は元冒険者で、とてもお強いとか」
「え？　いえ、そんな」
「謙遜なさらなくても……アジュールでの武闘会で、優勝されたとか。女性が、大の男を負かすな
んて……おかげで、希望が持てました」
「えっ？」
「我が領地では男女問わず騎士となれますが、帝都では女性は護身としての剣術までが限界で……
私が婚約者候補になったのは、制度や環境を整えて女性騎士の登用を増やす為です。まあ、婚約者
になれなければ自分で騎士となり、女性だけの騎士団を作ってみせますけど」

「私は微力ですが、己の知識を他国との外交に活用しようと思いまして……もっとも、まだまだ勉強が必要ですけどね！」

「ヴェロニカ様もですが、お二人にもそれぞれ目標があるんですね」

「……わたくし、も？」

「ヴェロニカ様？」

……三人とも皇太子に恋愛感情まではないと聞いていたが、本当に清々しいまでにない。だが一方で、それぞれ己のやりたいことを自分なりに実現しようとしている。

そんな彼女達に感心して言うと、一緒に浴槽に入っていたヴェロニカが俯きながらもポツリと呟いた。

もしかしたらだが、アレクサンドラ達と自分を比べて、何か引け目でも感じているのだろうか
――だが、と内心、思いつつ恵理は言葉を続けた。

「ええ。ヴェロニカ様も領地の、そしてそこに住む私達の為に奔走《ほんそう》してくれているじゃないですか」

「エリ先生……ありがとうございます」

国単位ではなくても、己の領地の為に動いているヴェロニカも十分、すごい。

そう思って言った恵理に、顔を上げると――ヴェロニカは、潤んだ紫色の瞳を笑みの形に細めた。

初めてだから、と思っていると

風呂から上がったところで、恵理達は食堂へと移動した。

皇太子ジェラルドと令嬢達、そして護衛達がそれぞれのテーブルに着いている。そしてそのテーブルの上には、風呂に入る前に注文された料理やパンが置かれている。

パンは昼には売り切れも出る人気商品だが、注文された時にそれでは困るので、貴族が来る時は冒険者ギルドで買って取り置くことになった。部屋数に限りがある為、二階は予約制だ。だから毎日ではないし、余ったらギルドの受付や冒険者が食べれば無駄がないと、ルーベルは笑っていた。

そして、そんな料理の中には恵理のどんぶりもあった。

珍しいからか、カツカレー丼は全員に注文されていたが――その量は以前、小食な女性や子供の為にと用意した半どんぶりだ。丼以外の料理も、色々と楽しみたいからと思われる。

(香辛料満載だから、好みが分かれるかしら……)

「色々と頼みましたから、楽しみですわ」

そんな考えが顔に出たのか、テーブルに着く前にヴェロニカが恵理に言った。確かに彼女の席の前にはカツカレー丼と、前に食べて気に入ったのかオムハヤシ丼。あとは、ラグーソースとチーズの載った総菜パンがある。

（何か、慰められちゃった……ヴェロニカ様、本当に良い子）

ほっこりとした気持ちになりながら、恵理はルーベルとティートと共に壁際へと移動した。給仕の為の従業員も控えているが、ルーベルも言った通り、ロッコの料理はグルナと恵理の影響で他にはないものばかりだ。それ故、質問が出た場合に備えまだ退席せずにいる。

ちなみにジェラルドと令嬢達は未成年の為、そして護衛達は職務中の為、お酒ではなくりんごジュースを出している。こちらでは当たり前な、水で薄めたものだ。

（日本のイメージだと、果汁百パーセントじゃないと駄目な気がするけど）

しかし、ティエーラでは当然のものらしい。

郷に入っては郷に従え。かつての日本のことわざを、恵理は心の中で唱えた。

「では、頂きましょう」

ジェラルドの声を合図に、令嬢達や護衛達が料理に――と言うか香辛料が沢山使われている珍しさの為か、まずカツカレー丼に口をつける。

……それからしばし無言で食べた後、ジェラルドとアレクサンドラとソフィアが、キッと顔を上げて恵理を見た。

「何ですか、この辛さの中にも美味しさがある料理は⁉」

「帝都でも、こんなに香辛料が使われた料理はありませんわ！」

「しかもこんなに辛いのに、この揚げた肉と白い米《リーゾ》との組み合わせで、スプーンが止まらなくなります！」

「……ありがとうございます」

食レポかな、と内心ツッコミを入れつつも、気に入って貰えたようなので恵理はホッとした。

そんな恵理をしばし見つめると、ジェラルドが思いがけないことを口にした。

「店主……帝都で、店を出す気はありませんか？」

皇太子からの申し出

「えっ……」

「元々、あなたは料理のレシピをリウッツィ商会に提供していたと聞いています……そうですね？」

「ええ。我が商会の繁栄は、女神のおかげです」

「……なるほど」

ジェラルドが尋ねたのに、ティートは躊躇なく答える。

あまりにもキッパリしていたのと、女神呼びもそのままだったので、ジェラルドの返事に少し間があったが――何せ、相手は皇太子である。恵理からは話しかけられないので、次の言葉を待つことにする。

「確かにそのレシピがあるから、あなたがロッコ《ここ》にいても帝都の料理店は成り立っています……ですが、まだ移住して一年にもならないのに、あなたはその画期的な料理と発想で、小さいとは言え一つの街を盛り立てました」

　そこで一旦、言葉を切ってジェラルドは話を続けた。

「逆に、考えられませんか？　レシピさえ提供を続ければ、ロッコの街はもう大丈夫なんじゃないですか？　貴族向けの宿泊施設も……あんなお風呂やもてなしは、私ですら体験したことはありません」

「恐れ入ります」

　皇族からのお墨付きに、恐縮しつつも恵理は頭を下げた。そんな彼女に、ジェラルドは言う。

「失礼ですが、あなたが帝都を出た理由を調べさせて頂きました……ですが冒険者としてではなく、料理人としてなら？　ここよりもたくさんの人に、あなたの料理を食べて貰えますよ？　言っておきますが、こちらにも利点はあります」

「……どのような？」

「この素晴らしい料理を、それから今後出てくると思われる料理を、好きな時に食べられます。本音を言うと、皇宮で腕を振るってほしいくらいですけどね？　独占するべきではありませんから。あなたが店を開いてくれたなら、ますます帝都も活気づくでしょう」

　ジェラルドの声音からも眼差しからも、嘘は感じられなかった。口調こそ穏やかだが国のことを、帝都のことを考えていることが伝わってきた。

そして恵理がどんぶり店を開くことにしたのは、異世界で米食《べいしょく》を広めようと思ったからだ。レアンと知り合い、ティートから申し出を受けて開店する場所こそ変わったが、元々の気持ちは変わっていない。

そしてどんぶり店を営む中で、恵理は作った料理を食べて貰い、美味しいと喜んで貰えることが嬉しいと気づいた。もっと喜んでほしくて、カレーを作る為にと昔取った杵柄《きねづか》でアジュールの武闘会に参加し、香辛料の継続した無関税買取の権利を得たくらいだ。

（確かに……たくさんの人に食べてほしいって言うのなら、それこそ皇太子のお墨付きが貰えるのってチャンスよね）

そこまで考えて、ルーベルとティートに目をやると——二人とも微笑みながら、恵理を見守ってくれていた。彼らも、そしてここにいないレアン達も、恵理がどんな答えを出しても受け入れてくれるだろう。二人の笑みを見た瞬間、恵理はそう思えた。

……だから恵理も彼らに微笑み返し、ジェラルドに向き直って頭を下げた。

「……申し訳ありません。私はこれからも、ロッコでどんぶり店を続けていきたいと思います」

謝罪と約束と

「……理由を、聞かせて貰っても？」

「私が、帝都を離れた理由はご存じですよね……帝都で、存在を否定された私をこの街は受け入れてくれました」

そこまで言って頭を上げると、恵理は真っ直ぐにジェラルドの目を見返して話の先を続けた。

「確かに『今』なら、帝都でも受け入れられるかもしれません……ですが、あの時の私を救ってくれたのはロッコです。だから私は、この街に恩返しをしたい」

「……それは、私には分が悪いですね。過去は変えられません。恩返ししたいと言うのなら、私があなたの代わりにロッコを支援しましょう……それでは、いかがですか？」

更なる提案に、恵理は黒い瞳を大きく見開いた。

そこまで買ってくれているとは思わなかった。しかも皇太子に支援して貰えるのなら、恵理個人が恩返しするよりもロッコは豊かになるだろう。ロッコのことを考えたら、頷いた方が恩返しになる。

なる、のだが——そこで恵理は以前、大浴場の従業員であるドリス達に言われたことを思い出した。

『『お願いですっ、ロッコにいて下さい！』』

『勝手なんですけど……どうか、お願いします』

『他のお店もですけど……エリさんのどんぶり店は、私達の癒しなんです』


そしてしばし考えて、恵理は再びジェラルドに頭を下げた。

「ずっとロッコにいると、約束した人達がいるんです。あとこれは我儘《わがまま》なんですが、私は自分の力で恩返しをしたい。カレーを召し上がりたいのなら、リウッツィ商会の店にレシピを提供します。だから、お願いですから、どうか」

「……残念ですが、そこまで言われてしまえば諦めるしかありませんね」

恵理の言葉に、ジェラルドがそう答えてくれた。頭を上げると小さく、けれど確かに頷いてくれる。

勝手に決めてしまったので、ついルーベル達に目をやったが、彼らも笑いながら目線で頷いてくれた。それにホッとし、恵理はジェラルドにお礼を言った。

「ありがとうございます！」

「殿下、申し訳ありません！」

そんな恵理の言葉と共に、立ち上がったヴェロニカがジェラルドに謝罪し、縦ロールの頭を下げた。

「ヴェロニカ嬢？　あなたがそんなに、責任を感じなくても……」

「いえ、そうではありませんわ」

「えっ？」

「……わたくしは、エリ先生が殿下の申し出を断ってくれた時、安堵致しました」

ヴェロニカの言葉に、アレクサンドラ達や護衛の面々がハッとして息を呑む。

しかし、下手に口を挟んでジェラルドを刺激する訳にもいかず――沈黙の中、ヴェロニカの告白は続いた。

「元々、違和感はあったのです……わたくしのことを、評価して頂いたのは身に余る光栄です。ですが、わたくしが守りたいのは我が家の領地と領民で……殿下の婚約者、あるいは妃《きさき》になる場合、特定の領地を贔屓することは許されません。そのことに対する、謝罪でもあります」

「それは、婚約者候補を辞退したいと言うことかな？」

「……はい」

少し顔を青ざめさせつつも、ヴェロニカは口調を改めたジェラルドに、キッパリとそう答えた。

彼女は、恵理が恩返ししたいロッコを守ろうとしてくれている。それならば自分も、何があろうとヴェロニカを守ろう――そう思い、ルーベルを見ると彼も気持ちは同じだったらしく頷いていた。

そんな恵理達の耳に、思いがけない言葉が飛び込んでくる。

「女性に断られるのは、初めてだよ……しかも、同じ日に二人もなんて」

「「えっ？」」

そう言ったのは、ジェラルドだった。そして、思わず声を上げた恵理とヴェロニカにその双眸を細める。

「彼女の申し出は了承して、ヴェロニカ嬢のものは不承諾、というのは不公平だよね。それに、確かに婚約者候補としてはヴェロニカ嬢の言う通りだ。もっとも、貴族や領主としてはむしろ望まれる資質だけどね」

そこで、ジェラルドもまた立ち上がってヴェロニカに頭を下げた。

「話してくれて、ありがとう。父上と母上には、私から伝えておくよ……これからは友人として、そして臣下として私を支えてほしい。よろしく頼むよ」

「……勿論ですわ！　わたくしこそ、よろしくお願い致します！」

ジェラルドの言葉に、ヴェロニカも両手でスカートの裾をつまんで持ち上げて頭を下げた。それからお互い、顔を上げて笑い合った。

そんな二人に恵理達は安堵し、若き皇太子に侯爵令嬢――いや、一人の貴族として向き合うヴェロニカの姿を温かく見守るのだった。

少しだけ変わって、続く日常

そして、ジェラルド達が来てから一ヶ月が経過した。

出前は元々、恵理の店だけがやっていたので、注文票を入れるポストは恵理の店に置かれていた。

だが今は貴族の要望に応える為、またどんぶり店以外の店の出前も引き受けるようになった為、ポストは大浴場に移動した。今まで通り、ロッコの住人も利用するので一刻ごとにポストを見て、出前担当の男性従業員が岡持ちを手に各店舗を回っている。

「お疲れ様ですー。カツ丼二つとオムリーゾ、お持ちしましたー」

「おー、待ってたぞー」

「ありがとうね」

結果、恵理の店から元々出前を取っていたローニ達は、他の店の料理も食べられるようになって得していた。更に、あるメニューのおかげで新たな楽しみも出来ていた。

「カツカレー丼は、前日までの『受注生産』だからな。次の仕事明けに、注文出来るよう頑張るぞ」

「はいっ」

そう、関税こそないが香辛料もそれなりの値段がする。だから常時作るのではなく貴族が来る時と、予約注文が入った時だけ作る形にしたのだ。

ご褒美のようにその出前を提案してくるローニに、カレーの魅力にハマったハールも笑って頷いた。

※※※

朝九の刻（午前九時）に、恵理のどんぶり店は営業を開始する。

「「「おはようございますー」」」

そして開店と同時に、三人の女性が来店した。恵理とレアンが、それぞれ笑顔で声をかける。

「いらっしゃい」

「いらっしゃいませ！」

「「「……あ〜、人から言われるの、やっぱりいい……っ」」」

途端にしみじみと言ったのは、無料馬車で訪れた者達を案内しているドリス達だ。今日はドリスとテレサの他にもう一人、亜麻色の髪を三つ編みにしたメアリもいる。

接客担当の彼女達は、笑顔で接客されることで癒されると言ってよく店に来てくれる。しかし最近では、と言うかドリスには別の目的も出来ていた。

「お待たせしました！　ミートソース丼《ラグー》と親子丼、あとカツ丼です！」

「「「はーいっ」」」

レアンが、注文されたどんぶりをそれぞれの前に置いていく。

ミートソース《ラグー》丼は、色っぽいテレサに。親子丼は、可愛いメアリに。あと、カツ丼はと言うと。

「美味しい……っ」

いつものことだが、美味しそうにトンカツを頬張るドリスに、テレサとメアリがツッコミを入れる。

「ドリス、本当に好きよねぇ？」

「確かに美味しいけど毎回、同じもので飽きないの？」

「同じじゃない！　給料日には、カツカレー丼も食べてるからっ」

「「どれだけ、トンカツ好きなの？」」

聞いていた恵理も、心の中で同じツッコミを入れた。しかも、これだけ頻繁に揚げ物を食べているのに、スレンダーな体型が変わらないのがすごい。

（約束、果たせて……ロッコに残ることになって本当、良かった）

そう思った瞬間、嬉しさに恵理の頬が緩む。

思えば、帝都で冒険者パーティー『獅子の咆哮』を解雇されたのは去年のことだ。恩人であるアレンが作ったこともあるが、自分も冒険者として世話になった思い出深いパーティーである。かなりこき使われはしたが、他ならぬグイドに解雇されなければ、未だにしがみついていたかもしれない。

（ある意味、恩人なのかしら……いや、そんなこと言ったらあいつ、また調子に乗るわね）

そんな訳で、グイドのことは踏み台くらいに思うことにする。

あの後、帝都を離れてからレアンを拾い、追いかけてきてくれたティート達との再会や、日本からの転生者であるグルナとの出会いがあった。そしてどんぶり店を開いて街興しをしたことで、ロッコに来たグイドにも言いたいことが言えた。

（私達の引き抜きも、ヴェロニカ様や殿下達が公式に、ロッコの名物として認めてくれたことで収まってくれたし）

おかげで、休みの度にレアンの手を煩《わずら》わせることが無くなった。本当にありがたいことである。すごい後ろ盾を得た気はするが、彼らに言わせるとカレーを始めとするロッコの料理にはそれだけの魅力と価値があると言う。

他のメニューと違い、カレーを一定数作る為には、定期的に香辛料を買わなければいけない。だが、それこそ恵理は一般的な料理人と異なり、冒険者として鍛えたことで武闘会での優勝を掴み取ることが出来た。ちょっと違うかもしれないが、芸は身を助《たす》くである。

（あとはリウッツィ商会へのレシピ提供で、少しでも恩返しになればいいわね……お忍びで、殿下達も来てくれているそうだし）

カツカレー丼のレシピもだが、恵理は他のどんぶりのレシピもリウッツィ商会の店に提供した。

それはジェラルドとの約束でもあるが、同時にティエーラに米食を広めるという恵理の目的達成への第一歩でもある。

これからも頑張って、皆にたくさん自分の料理を食べて貰おう。

もっと作ってみたい料理もあるが、あれもこれもと手を出したらどれも中途半端になりそうなので、出来ることから一つずつやっていけば良い。

声には出さずに、けれどワクワクと胸を高鳴らせながら決意すると、どんぶり店に新たな客がやって来た。

それに恵理とレアンは、満面の笑みで声をかけた。

「「いらっしゃいませ！」」

番外編「変わるもの変わらないもの」※書き下ろし

雪がちらつくようになった、闇の節。閉店後の夜、寝る前に恵理はベッドの上でストレッチをし、その日あったことを振り返る。

たとえば、今日は大浴場目当ての外からのお客さんが多かったとか。

別の日だと、限定五食のカツ丼の日だったので午前中は男性のお客さんが多かったとか。また、ある日は大浴場の従業員達からストレッチについて聞かれたり。色んなことがあるが、概ね平和な一日だ。

……そんな中、今日はいつもと少しだけ違うことがあった。

※※※

「ごちそーさまでしたっ」

「トビアは、本当に親子丼が好きねぇ」

時たま来る母子連れ。金茶色の髪をしていて、親子丼が好きな男の子――トビアは、鼻の頭や丸い頬に散っているそばかすが可愛らしい。

父親は早くに病死していて、母親が女手一つで息子を育てていると言う。どんぶり店に来るのは、お針子《はりこ》仕事をしている母親が気をつけないと家にこもりきりになる為、トビアが昼食は外で食べるよう提案したらしい。七、八歳くらいなのにしっかりした子供である。

「うわっ……⁉」

だが食事を終え、席を立とうとした時にそれは起こった。

食べ終わった丼鉢にトビアの手がぶつかり、床に落として割ってしまったのだ。

「ご、ごめんなさいっ」

「申し訳ありません！」

「……いいんですよ。それより、お怪我はありませんか？」

「え、ええ」

「店長。すぐ片付けますね」

真っ青になり謝ってくるトビアと母親に、恵理は安心させるように声をかけた。

レアンが掃除道具を持って駆けつけてくれたので、誰も怪我することなく無事に片付いた。母親は割れた丼鉢を弁償すると言ったが、大丈夫だからと恵理は笑って辞退した。

恵理の言葉は、本心である。逆に今まで、店で壊れたことがなかったのが幸運だったのだ。トビアや母親に怪我がなくて良かったたし、丼鉢は店で使うので同じものを多めに用意している。何も問題はない。

……ない筈なのに、こうして寝る前になってもまだ心に何か引っかかっている。

考えてみても理由が解らず、首を傾げつつも恵理はストレッチを終えて眠りに落ちた。

※※※

「あ……っ⁉」

食後のお茶を飲もうとした時、恵理の手がぶつかって、食べ終わり空になった丼鉢がテーブルから落ちてしまった。

「ごめんなさい……痛っ」

そして落ちた丼鉢は、フローリングに当たって割れてしまった。小学生の彼女は、謝りながら慌てて椅子から飛び降り、片付けようとしたが破片で指を切ってしまった。

「大丈夫よ、恵理。落ち着きなさい？」

痛さと申し訳なさで目を潤ませた恵理を落ち着かせようと、母親がしゃがんで恵理と目線を合わせてきた。恵理と同じ黒い髪だが、長さは肩を覆うくらいだ。そして同じく黒い瞳が、真っ直ぐに恵理を見つめてくる。

「恵理、今度からは気をつけるのよ。解ったらまず手当てをして、それから割れた丼鉢を片付けましょうね」

「……うん、お母さん」

「ちゃんと謝って偉いぞ、恵理。ただ、怪我には気をつけような」

「お父さん……」

母親も、笑って恵理の頭を撫でてくる父親も、記憶の中と変わらず若い。思えば三十代半ばだと、今の恵理とさほど変わらない年だ。

（これ、私が小五の時のことだものね）

夢の中で、恵理はこれが夢だと自覚した。自覚して、しまった。

……途端に、子供になっていた恵理の前で父親と母親の輪郭がぼやけて、消えていく。

「待って！　お父さん、お母さん……行かないでっ」

夢の中の恵理が必死に手を伸ばし、涙を流しているのを恵理は見ていた。

……そして目を覚まし、見慣れた天井を見上げた自分もまた、涙を流していた。

※※※

泣いて赤くなった目を、恵理は水魔法で冷やして目立たないようにした。レアンはまだしも、お客さん達に気を遣わせる訳にはいかない。

それから恵理は、いつも通りに起きて料理の仕込みなどをし、店を開けて――そうしていると、あっという間に数日が経っていた。

今は午前の営業を終えて、昼休み中である。レアンは昼食用のパンを買いに行っているので、恵理は店で一人だ。

（……形あるものは、いつか壊れる）

そのことについて、恵理はよく解っている『つもり』だった。

だが先日、過去の自分がしたように丼鉢が壊れるのを見て――恵理は自分が、幸せな日常もいつか丼鉢のように簡単に壊れると思っていることに気が付いた。

（暗いと言うか、何と言うか……いや、まあ、だからこそ今、この瞬間を大事にしようと思ってもいるんだけど……でも、あれ？）

自分のネガティブな発想を自覚し、落ち込んだところで恵理はふとあることに引っかかった。

（そう思ってるなら……そもそもどうして、私はどんぶり店を開こうと思ったんだろう？）

今だけ良ければいいのなら、将来など考えないのではないだろうか？　いや、まあ、今のロッコでの生活には満足しているけれど。

そう思い、恵理が首を捻っているとレアンが買い物から戻ってきた。

「店長、戻りました……あと、お客様です」

「お客様？」

その言葉に、午後の営業前だがと思ってレアンを振り返ったところで、恵理は軽く目を見張った。

そんな彼女の視線の先には、レアンに隠れるようにして立っているトビアがいた。

「いらっしゃいませ」

「あの……店長さん、ごめんなさい！」

それからトビアは、席を立って声をかけた恵理に金茶色の頭を下げ、勢いよく紙袋を差し出してきた。

「これっ、お詫びです！　お店のほうが、大丈夫なら……良かったら、お家で使って下さいっ」

「……開けてもいいかしら？」

「はいっ」

受け取り、恵理が尋ねるとトビアは顔を上げて大きく頷いた。

ジッと見つめてくる彼と、成り行きを見守るレアンの前で恵理は紙袋を開けた。そして中身を取り出すと、柔らかいベージュ色の丼鉢が出てきた。そう、これは蓋付きの、恵理やグルナがドワーフのアダラに頼んで作って貰っている丼鉢と同じものである。

「あの、蓋も開けてみて下さいっ」

「えっ？」

トビアにそう言われて、恵理は蓋を開けてみた——そうすると赤い、綺麗な花が鉢の中に描いてあって驚いた。

「お母さんに相談したら、壊した鉢と同じものは無理だけど……喜んで貰えるものを、一緒に考えようって。そうしたら、使って貰えるものがいいかなって思って……職人さんに頼んで、作って貰いました」

「そんな……却《かえ》って気を遣わせて、ごめんなさいね」

まさか、丼鉢を注文して用意してくれるとは。

そう思い、トビアに謝ったところで——恵理はこの前の夢の続きを、過去にあったことを思い出した。

※※※

「今度は、大切に使うのよ？」

「うん！　お父さんお母さん、ありがとう！」

あの後、恵理は割れた丼鉢の代わりに新しい丼鉢を両親に買って貰った。嬉しかった恵理は、お礼に料理を作ることを思いついた。

「今夜は、私がカレー作るね！」

「調理実習で作って以来、すっかり恵理の得意料理になったわね……でも、せっかく丼鉢だから。出汁を使って、カレー丼にしましょうか」

「え？　カレーもどんぶりになるの？」

「ええ。片栗粉でとろみをつけてね」

「恵理とお母さんのカレー丼、楽しみにしてるな」

口々にそう言って、恵理達は笑い合った。

丼鉢は変わっても、食事を作って、家族三人で美味しく頂くことは変わらなかった。


（そう……そして日本からティエーラに来て、器が丼鉢じゃなくお皿になっても、美味しいって言った人が笑顔になるのは変わらなかった）


現に金髪に青い目の、恵理の感覚だと外国人の——ある意味、間違いではないが——アレンも、可愛い犬耳がついているレアンも。そして、冒険者パーティーを解雇された恵理を迎えてくれたロッコの人達も、両親と同じ笑顔で恵理の作ったご飯を「美味しい」と言ってくれた。

どこにいても、変わるものもあるが変わらないものもある。

その変わらないものが欲しくて、恵理はいつかどんぶり店を開こうと思ったのだ。

「ありがとう……この丼鉢、大切に使うわ。だからあなたも、お母さんも、また来てちょうだいね」

「はいっ！」

新しい丼鉢を用意してくれたこと。そして恵理に、大切なのはいずれ壊れる物ではなく、美味しいからこそ出る言葉や笑顔なのだと思い出させてくれたこと。

昔、母親がしてくれたように恵理はしゃがんだ。

そしてトビアと目線を合わせて、色んなことに対するお礼を言うと――トビアは、そばかすの散った頬を緩めて笑ってくれた。

そんな笑顔につられて恵理も、それからレアンも笑みを深めるのだった。


その後、恵理はトビアから貰った丼鉢で朝晩、食事をするようになった。

蓋を開け、ご飯を食べる。そして食べ終わると、鮮やかな花が現れる。その花を見る度に、恵理の頬には笑みが浮かぶ。

……そんな彼女の笑顔を見て、レアンやティート達が微笑ましそうに目を細めていることを、恵理は知らない。

脇役令嬢に転生しましたが シナリオ通りには いかせません！

著：柏《かしわ》てん　イラスト：朝《あさ》日《ひ》川《かわ》日和《ひより》

乙女ゲームの世界に転生してしまったシャーロット。彼女が転生したのは名前もない悪役令嬢の取り巻きのモブキャラ、しかも将来は家ごと没落ルートが確定していた!?

「そんな運命は絶対に変えてやる！」

ゲーム内の対象キャラクターには極力関わらず、平穏無事な生活を目指すことに。それなのに気が付いたら攻略対象のイケメン王太子・ツンデレ公爵子息・隣国の王子などに囲まれていた!?　ただ没落ルートを回避したいだけなのに！

そこに自身を主人公と公言する第2の転生者も現れて――!?

自分の運命は自分で決める！　シナリオ大逆転スカッとファンタジー！

薬草茶を作ります
～お腹がすいたらスープもどうぞ～

著：遊森謡子《ゆもりうたこ》　イラスト：漣《さざなみ》 ミサ

「女だってバレなかったよ」

とある事情から王都ではレイと名乗り“男の子”として過ごし、薬学校を卒業したレイゼル。

その後彼女は、故郷で念願の薬草茶のお店を始め、薬草茶と時々スープを作りながら、のどかな田舎暮らしを送っていた。

そんなある日、王都から知り合いの軍人が村の警備隊長として派遣されてくることに。

彼は消えた少年・レイを探しているようで…？

王都から帰ってきた店主さんの、のんびり昼寝付きカントリーライフ・第1巻登場！

まきこまれ料理番の異世界ごはん

著：朝《あさ》霧《ぎり》あさき　イラスト：くにみつ

「自分がおいしいと思える料理が食べたいのです――！」

突如、聖女召喚に巻き込まれ異世界へ来てしまった鏑木凛。すでにお城には二人の聖女が居たため、凛は自立を決意し街はずれの食堂で働くことに。しかし、この世界の料理はとにかく不味かった。

「料理は効果が大事。味なんて二の次！」と言う店長に対して、おいしいごはんを食べたい凛は、食堂の改善に奮闘を始める。次第に彼女の料理は周囲へと影響を与え――？

家庭料理で活路を見出すお料理ファンタジー。本日も絶賛営業中です！

書き下ろし小説＋ドラマCD

オトモブックス

Otomo Books

著者完全 書き下ろしの小説は 100ページ!!

好評発売中

転生しまして、現在は侍女でございます。0

著者｜玉響 なつめ　イラスト｜仁藤 あかね

小説　1巻のストーリーを軸に、**王女宮発足当初のユリアとプリメラのほんわかエピソード**などが満載!

ドラマCD　小説1巻の一部ストーリーをドラマCD化!

Cast
ユリア／種﨑敦美　プリメラ／大久保瑠美
アルダール／駒田航　ディーン／石谷春貴
アルベルト／新垣樽助　メレク／田丸篤志 他

2020年10月12日発売予定

転生王女は今日も旗を叩き折る 0

著者｜ビス　イラスト｜雪子

小説　1巻のストーリーを軸に、**レオンハルト、ルッツ＆テオ、クラウスの過去エピソード**を書き下ろし!

ドラマCD　小説1巻の一部ストーリーをドラマCD化!

Cast
ローゼマリー／小澤亜李　レオンハルト／三木眞一郎
クラウス／松岡禎丞　ルッツ／小林裕介
テオ／天﨑滉平　クリストフ／羽多野渉
ヨハン／田村睦心 他

気になる詳細は公式サイトやTwitterをチェック!

http://arianrose.jp/

アリアンローズ公式サイト

アリアンローズ公式Twitter

異世界温泉であったかどんぶりごはん 2

*本作は「小説家になろう」（https://syosetu.com/）に掲載されていた作品を、大幅に加筆修正したものとなります。
*この作品はフィクションです。実在の人物・団体・事件・地名・名称等とは一切関係ありません。

2020年9月20日　第一刷発行

著者 ……………………………… 渡里あずま

イラスト ……………………………… くろでこ
発行者 ……………………………… 辻 政英
発行所 ……………………………… 株式会社フロンティアワークス
〒170-0013　東京都豊島区東池袋3-22-17
東池袋セントラルプレイス5F
営業　TEL 03-5957-1030　FAX 03-5957-1533
アリアンローズ公式サイト　http://arianrose.jp
装丁デザイン ……………………………… ウエダデザイン室
印刷所 ……………………………… シナノ書籍印刷株式会社